Monika Felten

Geheimnisvolle Reiterin

Die Rückkehr der Mondpriesterin

Monika Felten
(Jahrgang 1965) lebt mit ihrem Mann und ihren zwei Söhnen in einer norddeutschen Kleinstadt. Seit ihrer Kindheit hat sie mit Begeisterung Fantasy-Romane verschlungen und schließlich selbst zur Feder gegriffen. »Geheimnisvolle Reiterin« ist Monika Feltens erste Jugendbuchreihe bei Ensslin. Neben Fantasy-Romanen veröffentlicht sie Kurzgeschichten und regelmäßige Kolumnen in der Zeitschrift »Spielen und lernen«. Aktuelle Informationen über die Autorin gibt es im Internet unter *www.monikafelten.de.*

In der Reihe »Geheimnisvolle Reiterin« ist bereits erschienen:
Die Suche nach Shadow
Shadow in Gefahr
Gefangen im Elfenreich
Rätsel um White Lady

Monika Felten

Geheimnisvolle Reiterin

Die Rückkehr der Mondpriesterin

ENSSLIN

In neuer Rechtschreibung

1. Auflage 2006

Einband: init
Gesamtherstellung: westermann druck Braunschweig GmbH
ISBN 3-401-45231-2
ISBN 978-3-401-45231-9

www.arena-verlag.de

Eine Erkältung und ein Geheimnis

»Julia?« Leise öffnete sich die Schlafzimmertür.
»Ich bin schon wach.« Julias Stimme schnarrte wie eine rostige Fahrradklingel. Gleich darauf musste sie husten. Es war noch immer der fiese, schmerzhafte Husten, der sie schon seit Tagen quälte. Sie setzte sich auf, aber das half nur wenig. Der Hustenanfall war diesmal besonders hartnäckig.
»Wie geht es dir?« Anette Wiegand, Julias Mutter, kam mit einer Thermoskanne in der Hand ins Zimmer und setzte sich auf die Bettkante. »Dich hat es aber ganz schön erwischt«, stellte sie besorgt fest und klopfte ihrer Tochter sanft auf den Rücken, bis der Husten nachließ. Dann nahm sie den Becher vom Nachttisch, füllte ihn mit dampfendem Salbeitee und reichte ihn Julia. »Hier, den habe ich noch schnell für dich gekocht, bevor ich zur Arbeit fahre«, sagte sie und lächelte. »Wie gewünscht: eine ganze Kanne voll. Das sollte genügen, bis ich wiederkomme. Trink ihn so heiß wie möglich, dann löst sich der Husten schneller.«
»Danke«, krächzte Julia. Vorsichtig nippte sie an dem Salbeitee und verzog das Gesicht. »Heiß!«
»Warte noch ein wenig«, riet ihre Mutter, hob dann aber

mahnend den Zeigefinger. »Aber nicht zu lange, hörst du?«
»Ja, Frau Doktor.« Julia nickte.
»Fehlt dir noch was?« Anette Wiegand warf einen prüfenden Blick auf die zahlreichen Sachen, die auf dem kleinen Schrank neben dem Bett standen. »Taschentücher, Lutschpastillen, Vitaminsaft ...«, wie eine Pilotin, die vor dem Start noch einmal die Checkliste durchgeht, zählte sie die Präparate auf. ». . . Hustensaft, Handy. Prima. Alles in Reichweite.« Sie lächelte kurz. »Soll ich nicht doch lieber zu Hause bleiben?«, fragte sie nun wieder besorgt.
»Das fragst du mich nun schon die ganze Woche.« Julia schüttelte seufzend den Kopf. Sie sprach ganz leise, um nicht wieder husten zu müssen. »Aber davon, dass du deine wenigen Urlaubstage opferst, werde ich auch nicht schneller gesund.« Sie deutete mit einem Kopfnicken zum Fenster, an dem die Regentropfen wie schon so oft in diesen Frühjahrsferien in Strömen herunterliefen. »Den Urlaub heb dir lieber für besseres Wetter auf«, meinte sie schniefend, tastete nach einem Taschentuch und putzte sich die Nase. »Außerdem bin ich kein Baby mehr. Ich komme schon klar.«
»Tapferes Mädchen!« Anette Wiegand strich ihrer Tochter liebevoll über die gerötete Wange. »Aber allmählich mache ich mir wirklich Sorgen um dich. Du bist nun schon über eine Woche krank. Die Erkältung will so gar nicht abklingen – und in vier Tagen fängt die Schule wieder an.«
»Bis dahin bin ich wieder fit.« Julia setzte ein zuversichtliches Lächeln auf und griff nach dem Becher mit

dem Salbeitee. »Versprochen!« Sie trank einen großen Schluck und sagte dann: »Ich fühle mich schon viel besser als gestern – ehrlich.«
»So, so.« Es war nicht zu übersehen, dass Anette Wiegand an den Worten ihrer Tochter zweifelte, aber sie ging nicht weiter darauf ein und sagte stattdessen: »Na schön. Wenn etwas ist, kannst du mich ja anrufen.«
Sie warf einen kurzen Blick auf die Armbanduhr und stand auf. »Ich muss los! Also dann, bis nachher – und vergiss nicht, den Tee zu trinken.«
»Ich denke daran.« Julia nahm noch ein paar Schlucke Salbeitee, legte sich wieder hin und kuschelte sich in die Decke. »Ich werde heute ganz viel schlafen«, versprach sie gähnend. »Dann bin ich bald wieder fit.«
»Wollen wir's hoffen. Ich fahre jetzt los.« Anette Wiegand verließ das Zimmer und zog die Tür hinter sich zu. Die hölzerne Treppe knarrte, als sie ins Erdgeschoss hinunterging.
Julia hörte den Garderobenbügel im Flur klappern und das vertraute Klimpern des Schlüsselbundes. Gleich darauf fiel die Haustür ins Schloss und es kehrte Ruhe ein.
»Einundzwanzig, zweiundzwanzig ...« Julia zählte wie bei einem Gewitter zwischen Blitz und Donner die Sekunden. Dann klappte eine Wagentür und ein Motor heulte auf. »Siebenundzwanzig! Ganz schön langsam heute.« Julia schlug die Decke zurück, schlüpfte aus dem Bett und beobachtete aus dem Fenster, wie der Wagen ihrer Mutter rückwärts die Auffahrt herunterrollte, auf die Dorfstraße einbog und davonfuhr.
Kaum war er außer Sicht, wurde Julia munter. Von Müdigkeit oder Krankheit war gar nichts mehr zu spüren.

Eilig schlüpfte sie in ihre Jeans, streifte sich ein T-Shirt und ihr blaues Sweatshirt über, lief ins Badezimmer und schnappte sich ihre Zahnbürste. Ein Blick in den Spiegel bestätigte ihr, was sie schon befürchtet hatte. Ihre Haare hätten dringend eine Wäsche nötig. Aber das ging nicht, jedenfalls nicht heute. Mit frisch gewaschenen Haaren würde sie nicht mehr so elend und kränklich aussehen, und das konnte sie auf keinen Fall riskieren.

Der Husten und der Schnupfen, den sie sich drei Tage nach dem Casting in Selkau eingefangen hatte, kamen ihr nicht ungelegen. So fragte wenigstens niemand nach, warum sie plötzlich literweise Salbei- und Kamillentee trank und ihr enormer Bedarf an Lutschpastillen, Hustensaft und Papiertaschentüchern hatte einen einleuchtenden Grund.

Die Arzneien benötigte sie aber nicht nur für sich selbst. Auch Mailin, ihre geheime Elfenfreundin, war krank. Jeden Tag fuhr Julia mit einer Kanne voll Tee heimlich zu dem alten Bahnhof im Danauer Forst, um das Elfenmädchen zu versorgen.

In dem einsamen und halb verfallenen Backsteingebäude des alten Bahnhofs hatten Mailin und ihr Pferde Gohin vorübergehend Unterschlupf gefunden. Ausgerüstet mit Julias Mumienschlafsack, einer dicken Isomatte und so viel warmer Kleidung, wie Julia entbehren konnte, ohne dass ihre Mutter es bemerkte, wartete das Elfenmädchen in dem verlassenen Gebäude darauf, dass sich das Tor zur Elfenwelt wieder für sie öffnete.

Für einen Augenblick hielt Julia im Zähneputzen inne und dachte daran, wie mühsam es gewesen war, ein passendes Versteck für Mailin zu finden.

Obwohl Julia inzwischen schon eine ganze Weile in Neu Horsterfelde wohnte, kannte sie die Umgebung des Dorfes längst noch nicht so gut, dass ihr auf Anhieb etwas eingefallen wäre. Erst ein Zeitungsbericht über den Verein der »Zwissauer Eisenbahnfreunde« hatte sie auf die rettende Idee mit dem alten Bahnhof gebracht. Der Bahnhof hatte der Forstverwaltung früher einmal zum Abtransport der geschlagenen Baumstämme gedient.

Die Bahnschienen der Strecke »Zwissau – Tölz« verliefen immer noch quer durch den Danauer Forst, doch die Strecke wurde nur noch genutzt, wenn die Touristen an einigen wenigen Wochenenden im Sommer mit der historischen Dampfeisenbahn von Zwissau nach Tölz fuhren. Jetzt im Frühjahr waren die Gleise völlig verwaist und der alte Bahnhof mitten im Wald war ein idealer Ort, um jemanden zu verstecken, den niemand sehen durfte.

Das Elfenmädchen unbemerkt dorthin zu bringen war sehr schwierig gewesen, nicht zuletzt deshalb, weil das Wetter einfach nicht besser werden wollte. Auch jetzt, am siebten April, war es immer noch so kalt und regnerisch, als würde es in diesem Jahr niemals Frühling werden. So war Julias Erkältung denn auch nur eine logische Folge ihrer vielen Radtouren zum alten Bahnhof, die sie nicht selten in strömendem Regen unternommen hatte, um ihre Freundin aus dem Elfenreich mit dem Nötigsten zu versorgen. Und zu dem Nötigsten gehörten neben Getränken und Nahrungsmitteln auch die Medikamente.

Mailin hatte es noch viel schlimmer erwischt als Julia.

Während Julia und Svea an einem Casting für die Westerntage in Selkau teilgenommen hatten, hatte das Elfenmädchen fast achtundvierzig Stunden lang in viel zu dünner Kleidung und völlig durchnässt in Regen und Kälte ausgeharrt, um ein aus der Elfenwelt entführtes Pferd wieder in ihre Heimat zurückzuholen. Dabei hatte sie sich erkältet.
Doch was noch viel schlimmer war: Das Tor in die Welt der Elfen hatte sich geschlossen und nun saß sie in der Welt der Menschen fest, bis es sich beim nächsten Vollmond in ihrer Welt wieder für sie öffnete. Und das konnte lange dauern. Denn ein Tag in der Elfenwelt entsprach ungefähr einem Monat in Julias Welt. Es war also gut möglich, dass Julia ihre Elfenfreundin ein Jahr oder länger verstecken musste.
Ein Jahr! Ob das wohl gut gehen konnte? Julia seufzte. Ihre Mutter wunderte sich schon jetzt über den ungewöhnlich großen Appetit ihrer Tochter, die trotz Grippe immer Hunger zu haben schien, und die ständigen Heimlichkeiten belasteten Julia so sehr, dass sie manchmal schon Alpträume hatte, in denen Mailin entdeckt wurde und alles aufflog.
»Julia, du musst positiv denken!«, ermahnte Julia ihr Spiegelbild mit heiserer Stimme. »Es wird schon gut gehen.« Sie legte die Zahnbürste fort und lehnte sich so weit über das Waschbecken, dass ihr Gesicht dem Spiegel ganz nahe war. »Ganz gleich, wie lange es dauert, ich werde Mailin helfen!«, schwor sie sich selbst. »Dafür sind Freunde schließlich da!«

Am alten Bahnhof

Eine halbe Stunde später kämpfte sich Julia mit ihrem Mountainbike im strömenden Regen durch den Danauer Forst.
Sie kam nur sehr langsam voran. Die schmalen Pfade waren aufgeweicht und schlammig. Selbst auf den breiten Wegen war ein Fahren kaum möglich. Hier hatten die Fahrzeuge der Forstverwaltung beim Verladen der gefällten Bäume tiefe Spurrinnen in den weichen Waldboden gegraben, die sich nun wie winzige, mit Wasser gefüllte Kanäle durch den Wald zogen. Oft musste Julia absteigen und ihr Rad ein Stück durch das Unterholz schieben, um nicht im Morast stecken zu bleiben.
Glücklicherweise war nicht die ganze Strecke zum alten Bahnhof so katastrophal. Hinter dem Lagerplatz der Baumstämme wurde der Weg wieder befahrbar. Die schweren Fahrzeuge der Forstverwaltung waren nicht so tief in den Wald vorgedrungen und Julia konnte wieder aufs Rad steigen. Ungemütlich war es trotzdem.
Der Wind blies ihr die Regentropfen ins Gesicht und die eisige Luft schnitt ihr in die Lungen. Sie hustete und verwünschte den Regen, der durch die immer noch kahlen Baumkronen unablässig auf sie herabprasselte. Am liebsten wäre sie umgedreht und hätte sich wieder in ihr Bett gekuschelt, wie es sich bei diesem Wetter für eine Kranke gehörte. Aber Mailin wartete auf sie und sie wollte ihre Freundin nicht enttäuschen.

Nach einer knappen halben Stunde kam das rote Backsteingebäude des alten Bahnhofs endlich zwischen den von Nässe geschwärzten Baumstämmen in Sicht. Julia atmete auf. Drinnen würde es zwar nicht viel wärmer sein als hier draußen, aber immerhin trockener. Der Gedanke, dem strömenden Regen zu entkommen, spornte Julia an.

Auf den letzten hundert Metern trat sie noch einmal kräftig in die Pedale. Erschöpft stieg sie ab, schob das Mountainbike um das Gebäude herum und lehnte es an die Rückwand des Bahnhofs.

Mit klammen Fingern löste sie die Plastiktüte vom Gepäckträger und ging zur Tür – besser gesagt zu dem, was von der ehemaligen Eingangstür des Bahnhofs noch übrig war. Die wenigen, nur noch von den Scharnieren gehaltenen Bretter, die windschief im Türrahmen hingen, verdienten diesen Namen eigentlich nicht.

»Mailin?« Hustend und keuchend griff Julia nach der Türklinke. Die rostigen Scharniere knarrten und quietschten, als sie die morschen Bretter zur Seite schob und eintrat. In dem großen Raum, der früher einmal der Wartesaal des Bahnhofes gewesen sein mochte, war es dunkel. Die wenigen kleinen Fenster in den gusseisernen Rahmen waren blind vom Alter und voller Spinnweben, die sich im Lauf der Jahrzehnte dort angesammelt hatten. Es roch nach modrigem Holz und feuchtem Mauerwerk, aber auch nach Pferd.

Julia blieb stehen, schob sich die triefende Kapuze in den Nacken und stellte die Plastiktüte ab. Mit den nassen Fingern angelte sie in ihrer Jackentasche nach einem Papiertaschentuch, putzte sich die Nase und hustete

gleich noch einmal. Irgendwoher ertönte ein Schnauben.
»Hallo Gohin«, sagte Julia verschnupft. »Sei bloß froh, dass du keinen Schnupfen hast.«
Gohin, Mailins weißer Hengst, stand in der hinteren Ecke des Wartesaals, wo das löchrige Dach dem Ansturm des Regens noch gut standhielt, und schaute Julia aufmerksam an.
»Du Armer hast bestimmt Hunger.« Julia kramte in der Plastiktüte und holte drei trockene Brötchen und zwei Äpfel hervor. »Sieh mal, was ich dir mitgebracht habe.«
Sie brach ein Brötchen in zwei Hälften und ging zu Gohin, um ihn damit zu füttern.
Der weiße Hengst schnaubte dankbar und begann sofort zu fressen. Während er die Brötchen und die Äpfel verputzte, schaute Julia sich suchend um.
In einer anderen Ecke das Raums lag die Isomatte, die Julia für Mailin mitgebracht hatte, neben einem Berg zerknüllter Papiertaschentücher und etlichen leeren Lebensmittelverpackungen. Darüber hing Julias alte Winterjacke an einem Nagel in der Wand.
Von dem Elfenmädchen selbst war nichts zu sehen.
»Nanu, wo ist denn Mailin?«, fragte Julia Gohin, der noch immer genüsslich einen Apfel kaute. Dann rief sie: »Mailin, bist du da? Ich bin es, Julia.«
»Das musst du mir nicht extra sagen«, tönte es verschlafen aus einem kleinen Nebenraum. »Ich erkenne dich inzwischen schon an deinem . . .« Die Stimme brach ab und jemand nieste. ». . . Husten.«
»Mailin!« Julia strich Gohin liebevoll über die Nüstern. Dann nahm sie die Plastiktüte wieder zur Hand, ging

durch den Wartesaal und spähte durch den türlosen Rahmen in den angrenzenden Raum. »Gesundheit!«

»Gesundheit? Willst du dich über mich lustig machen?«

Den Schlafsack bis unter das Kinn gezogen, hockte Mailin unweit der Tür am Boden. Ihre weißblonden Haare waren glanzlos und strähnig und ihr Gesicht mit der hellen Haut wirkte noch blasser, als es ohnehin schon war. Missmutig schaute sie Julia aus ihren dunklen geschlitzten Augen an.

»Als ob ich nicht schon genug zu leiden hätte.« Sie nieste erneut.

»He, ich will dich doch nicht ärgern.« Julia schüttelte schmunzelnd den Kopf. »Gesundheit sagt man bei uns immer, wenn jemand niest. Es ist höflich.«

»Höflich?« Mailin sah Julia verständnislos an. »Merkwürdige Bräuche habt ihr hier.«

»Warum bist du nicht drüben bei Gohin?«, fragte Julia.

»Da war es mir zu nass und windig.« Demonstrativ zog Mailin den Schlafsack noch höher. »Der Wind hat in der Nacht gedreht und pfeift nun direkt durch die kaputte Tür.« Sie blickte Julia aus großen Augen an. »Wird es bei euch denn nie Frühling?«

Julia zuckte bedauernd mit den Schultern. »Tja, in diesem Jahr scheint er sich ziemlich Zeit zu lassen. Aber dem Wetterbericht nach soll es morgen zumindest aufhören zu regnen.« Sie schaute seufzend auf den Boden, wo sich das Wasser, das vom Dach herabtropfte, in einer großen Pfütze sammelte, und murmelte: »Ob es dann auch wärmer wird, können sie uns aber noch nicht versprechen. Na ja.« Sie kniete sich hin und öffnete die Plastiktüte. »Solange die Sonne nicht scheint, müssen wir uns eben anders wärmen.« Schnell holte sie die Thermoskanne und einen Becher hervor und schenkte Mailin etwas von dem heißen Tee ein. »Hier, das wird dir gut tun«, sagte sie und reichte Mailin den Becher. Das Elfenmädchen roch prüfend daran, dann lächelte sie. »Salbei«, stellte sie erfreut fest. »Der schmeckt mir besser als Kamillentee.«

»Weiß ich doch.« Julia zwinkerte Mailin zu. »Ich habe dir auch noch mehr Salbeibonbons mitgebracht. Hier!« Sie fischte eine gelbe Pappschachtel mit Hustenbonbons aus der Tüte. »Meine Mutter meint schon, ich ernähre mich nur noch von den Dingern, weil es für sie so aussieht, als ob ich davon zwei Pakete am Tag verbrauche«, erklärte sie lachend und musste prompt wieder husten. »Aber hörst du, der Husten hat sich bei mir tatsächlich schon gelöst.«

»Hast du auch etwas gegen Schnupfen?«, fragte Mailin, während sie ihre Finger an dem heißen Becher wärmte und vorsichtig an dem Tee nippte. »Nicht frei atmen zu können ist wirklich furchtbar.«

»Den Schnupfen musst du wohl oder übel aushalten.« Julia machte ein betrübtes Gesicht. Mailin vertrug die modernen Medikamente überhaupt nicht. Ganz zu Anfang hatte sie dem Elfenmädchen einmal eine Tablette gegen Kopf- und Gliederschmerzen gegeben. Doch statt der erhofften Linderung war genau das Gegenteil eingetreten. Mailin hatte sich danach so elend gefühlt, dass sich Julia schon große Sorgen um das Elfenmädchen gemacht hatte.

Zum Glück war es noch einmal glimpflich ausgegangen. Aber Julia hatte daraus gelernt und war seitdem sehr viel vorsichtiger mit dem, was sie Mailin gab. Nicht alles, was kranken Menschen half, schien auch bei erkrankten Elfen zu wirken – und tatsächlich stellte sich sehr bald heraus, dass Mailin nur natürliche Heilmittel zu sich nehmen konnte.

»Ich habe dir aber noch mehr Taschentücher mitgebracht und ein wenig Creme für deine Nase und die Lippen«, sagte Julia.

»Danke.« Mailin nahm die Taschentücher und die Creme dankbar entgegen. »Solche Papiertücher sollte es bei uns auch geben. Sie sind so schön weich.« Sie legte die Taschentücher fort, trank einen großen Schluck Tee und sah ihre Freundin an. »Du bist wirklich die allerbeste Freundin, die man sich wünschen kann«, sagte sie aufrichtig und lächelte. »Obwohl du doch auch krank bist, kommst du jeden Tag und bei jedem Wetter hier in den Wald und kümmerst dich um mich. Das werde ich dir niemals vergessen.«

»Ist schon okay. Dafür sind Freunde doch da.«

»Geht es dir denn wenigstens schon etwas besser?«, erkundigte sich Mailin.

»Na ja, es ist nicht mehr so schlimm wie noch vor ein paar Tagen«, erwiderte Julia und fügte augenzwinkernd hinzu: »Aber das verrate ich meiner Mutter besser nicht, sonst stellt sie das Teekochen ein und kauft auch keine Salbeibonbons mehr.« Sie hustete noch einmal demonstrativ. »Dieser Husten ist zwar lästig, aber auch sehr praktisch. Er hört sich nämlich viel schlimmer an, als er wirklich ist.«

»Hast du eigentlich kein schlechtes Gewissen, weil du dich nicht um dein Pflegepony kümmern kannst?«, wollte Mailin wissen. Als Pferdehüterin empfand sie eine tief verwurzelte Zuneigung zu allen Pferden und hatte ein ungutes Gefühl, weil Julia das Pony nun ihretwegen vernachlässigte.

»Keine Sorge, Spikey geht es gut«, erklärte Julia. »Im Stall der Danauer Mühle ist es warm und trocken. Er wird dort gut versorgt. Svea kümmert sich um ihn, bis ich wieder fit bin. Sie hat mich gestern Abend extra angerufen und mir gesagt, ich solle mir keine Sorgen machen.« Julia deutete auf die Pfütze, in die unablässig Regenwasser tropfte. »Außerdem ist sowieso kein Reitwetter.«

»Stimmt.« Mailin nickte. »Selbst in der warmen Kleidung, die ich von dir bekommen habe, muss ich mich immer richtig überwinden hinauszugehen. Aber Gohin muss ja auch was fressen und so viel wächst hier in der Nähe nicht. Ich bin wirklich froh, wenn es mal nicht regnet und ich im Trockenen rauskann.«

»Wenigstens sind bei dem Regen keine Leute im Wald unterwegs«, sagte Julia, die versuchte dem schlechten Wetter auch etwas Gutes abzugewinnen. »So entdeckt dich zumindest niemand!«

»Sonne wäre mir trotzdem lieber.« Mailin nieste heftig. »Und ich wäre so gern wieder ganz gesund.«

Eine heimliche Nachricht

In den Stallungen des Elfenkönigs war es ruhig. Nichts rührte sich auf den gepflasterten Plätzen und Wegen und kein Lichtschein drang durch die Fenster der hölzernen Quartiere, in denen jene wohnten, die hier ihren Dienst taten.

Mit Beginn der Dämmerung hatten die Pferdehüter und Stallburschen wie an jedem Tag ihre Arbeit beendet. Das geschäftige Treiben, das tagsüber in den Ställen herrschte, war zu Ende, und als schließlich die Nacht hereinbrach, hatten sich alle zur Ruhe begeben.

Nur hin und wieder war das verhaltene Schnauben der wenigen Pferde zu hören, die in der lauen Sommernacht nicht auf der Weide waren, sondern in einer der Boxen schliefen. Manchmal schallte der Ruf eines Käuzchens durch die Nacht, das in den Bäumen des nahen Waldes auf einen unvorsichtigen Nager wartete.

Fion lag reglos auf der mit Stroh gefüllten Matratze in seiner Kammer und lauschte dem hellen Ton, der langsam verklang. Der junge Pferdehüter hatte die Arme hinter dem Kopf verschränkt und beobachtete, wie der quadratische Lichtfleck, den der Mond durch das kleine Fenster in seine Kammer warf, langsam von links nach rechts wanderte. Er dachte an Mailin. Die junge Pferdehüterin war am frühen Morgen mit einem waghalsigen

Plan, den sie und Fion gemeinsam geschmiedet hatten, aus dem Auetal fortgeritten.
Sie war entschlossen, ein gestohlenes Elfenpferd aus der Welt der Menschen zurückzubringen, um der Elfenpriesterin Enid, die vor Jahren nach einer Intrige der hinterhältigen Mondpriesterin Lavendra vom Elfenkönig in den Schweigewald verbannt worden war, zu helfen. Das Pferd war der einzige Zeuge des großen Unrechts, das man Enid zugefügt hatte. Und Mailin wollte Lavendra, die nun Enids rechtmäßigen Platz als Mondpriesterin und engste Vertraute des Elfenkönigs innehatte, mit Hilfe des Pferdes endlich als Lügnerin und Betrügerin überführen.
Spätestens am Nachmittag, so hatte Mailin Fion versprochen, würde sie mit dem Pferd in die Stallungen kommen, doch die Zeit war verstrichen, ohne dass Mailin zurückgekehrt war.
Fion machte sich Sorgen. Große Sorgen. Alles in ihm drängte danach, loszureiten und seine Freundin zu suchen. Doch er wusste, dass dies unmöglich war. Dorthin, wohin Mailin geritten war, konnte er ihr nicht folgen.
Alles, was er tun konnte, war warten.
Natürlich war es nicht unbemerkt geblieben, dass sich Mailin nach der Wache im Auetal nicht wieder beim Stallmeister zurückgemeldet hatte. Doch Fion war gut vorbereitet – und der sonst so strenge Stallmeister hatte ihm die Geschichte von dem verschwundenen Pferd, nach dem Mailin suchte, sofort abgenommen. Was aber würde geschehen, wenn sie auch am folgenden Tag nicht an den Hof zurückkehrte? Was, wenn man Such-

trupps ausschickte, um nach der vermissten Pferdehüterin zu suchen? Was, wenn ...?

Draußen auf dem Hofplatz ertönte Hufgeklapper.

Mailin?

Mit einem Satz war Fion auf den Beinen und hastete aus der Kammer. Die Hoffnung, dass nun alles gut würde, ließ sein Herz höher schlagen. Doch als er den Laubengang erreichte, der den Hofplatz an zwei Seiten begrenzte und die Quartiere der Pferdehüter miteinander verband, hielt er abrupt inne.

Das war nicht Mailin!

Die beiden Reiter, die soeben eingetroffen waren, gehörten zur Truppe der königlichen Wachen. Sie wirkten müde und erschöpft und führten ein drittes, ungesatteltes Pferd am Halfter mit sich.

Fion seufzte enttäuscht und schickte sich an in seine Kammer zurückzugehen. Doch die beiden hatten ihn schon entdeckt.

»Heda, Stallbursche!«, rief ihm einer der Elfen nach. »Komm her! Wir haben hier ein Pferd aus der Herde des Königs, das versorgt werden muss.«

Fion blieb stehen, als sei er zu Eis erstarrt. Stallbursche! Was für eine unverschämte Anrede. Normalerweise würde kein königlicher Pferdehüter darauf reagieren, doch eine seltsame Vorahnung ließ ihn Stolz und Ärger hinunterschlucken.

Langsam wandte er sich um und ging mit gesenktem Blick auf die Wachen zu. Es gelang ihm sogar, den stets ehrfurchtsvollen Tonfall der Stallburschen zu imitieren, als er fragte: »Ein Pferd aus des Königs edler Herde? Was ist mit ihm?«

»Es ist ausgerissen und in den Schweigewald gelaufen«, knurrte einer der beiden Wachen mürrisch. »Eine Pferdehüterin ist ihm nachgeritten, um es zu suchen. Aber sie kam nicht wieder heraus.«
»Bei den Göttern! Eine Pferdehüterin ist im Schweigewald verschwunden? Wer ist es und wie ist das möglich?« Fion schlug in gespielter Bestürzung die Hände an die Wangen.
Mailin!, dachte er. Das kann nur Mailin gewesen sein. Sein Herz klopfte so heftig, dass er glaubte, die Wachen müssten es hören. Doch die beiden schienen zu sehr mit ihren eigenen Gedanken beschäftigt.
»Das wüssten wir auch gern«, sagte einer. »Am Abend kam die verbannte Elfenpriesterin Enid an die Grenze des Waldes und brachte uns den Ausreißer hier zurück. Sie behauptete, das Pferd sei ihr zugelaufen. Von der Pferdehüterin und ihrem Pferd wollte sie jedoch nichts gesehen haben.« Er machte eine ungeduldige Handbewegung und reichte Fion das Halfter. »Aber was erzähle ich dir das, Stallbursche? Das soll deine Sorge nicht sein. Kümmre du dich um die Stute. Alles andere besprechen wir mit dem Stallmeister.« Er schaute sich suchend um. »Wo finden wir ihn?«
»In seinem Quartier.« Fion nahm das Halfter, zeigte auf ein kleines Gebäude am Ende des Laubengangs und deutete gleichzeitig eine Verbeugung an, wie er es schon häufig bei den Stallburschen gesehen hatte. »Ich fürchte aber, er schläft schon.«
»Nun, dann wird er wohl aufwachen müssen«, knurrte einer der Wachposten. »Schließlich geht es um das Leben einer Pferdehüterin.« Er stieß einen ärgerlichen Laut aus,

gab seinem Kameraden ein Handzeichen, ihm zu folgen, und lenkte sein Pferd auf das Quartier des Stallmeisters zu. Offensichtlich wollte er das unangenehme Gespräch so schnell wie möglich hinter sich bringen.

Fion sah den beiden nach und schüttelte niedergeschlagen den Kopf. Was war bloß schief gelaufen? Mailin war sich ihrer Sache doch so sicher gewesen.

»Komm, Ninim. Ich bringe dich in deine Box«, sagte er zu der weißen Stute, während er einen Schritt auf das große zweiflügelige Tor des Stalls zu machte und am Halfter zog. Insgeheim rechnete er fest damit, dass Ninim sich weigern würde ihm zu folgen. Die Stute galt als überaus eigensinnig und schien sich einen Spaß daraus zu machen, sich allem zu widersetzen, was die Pferdehüter von ihr verlangten. Diesmal jedoch setzte sie sich gehorsam in Bewegung und trottete brav neben Fion her, sodass dieser erstaunt innehielt.

»Ninim?«, fragte er überrascht. »Was ist denn mit dir los? Du bist ja wie ausgewechselt . . . ausgewechselt?!«

Fion stutzte. Langsam, als müsse er sich die Bedeutung des Wortes erst wieder in Erinnerung rufen, wiederholte er noch einmal, was er gesagte hatte – und plötzlich hellte sich seine Miene auf.

Wie ausgewechselt! Warum hatte er nicht gleich daran gedacht. Der Plan, den Mailin letzte Nacht mit ihm geschmiedet hatte, sah vor, dass Ninim im Schweigewald bleiben sollte, während Mailin mit dem gestohlenen Pferd den Wald wieder verließ. Damit niemand Verdacht schöpfte, wollte Mailin Enid bitten, für die Stute aus der Menschenwelt einen Zauber zu weben, der ihr haargenau das Aussehen von Ninim verlieh.

Das Aussehen, nicht aber die Eigenschaften! Fion maß die Stute mit einem prüfenden Blick. Sie sah genauso aus wie Ninim, verhielt sich aber ganz anders. Das konnte nur bedeuten, dass ...

Plötzlich hatte Fion es sehr eilig, in den Stall zu kommen. Mit raschen Schritten führte er die Stute durch die Gasse zwischen den leeren Boxen zu dem Verschlag, über dem in geschwungener Elfenschrift der Name Ninim in ein silbernes Schild graviert war. Die Box war mit frischem Stroh gefüllt. Ninim ging sofort hinein.

Fion war so aufgeregt, dass seine Hände zitterten, als er ihr das Halfter über die buschige Mähne streifte. Gleich würde sich zeigen, ob seine Hoffnung begründet war, denn die Halfter der königlichen Pferde boten ein hervorragendes Versteck für geheime Botschaften. Der breite Stirnriemen mit dem kunstvoll gestalteten Wappen des Königs in der Mitte war aus zwei Schichten weichen Leders gefertigt, die oben jedoch nicht vollständig miteinander vernäht waren. Diese flache Tasche wurde von den Pferdehütern gerne benutzt, um Liebesbotschaften oder andere geheime Nachrichten zu übermitteln. Wenn es also irgendetwas gab, was Mailin ihm mitteilen wollte, dann, dessen war sich Fion ganz sicher, würde sie es ihm aufgeschrieben und dort versteckt haben.

Fion war so aufgeregt, dass es ihm erst beim dritten Mal gelang, die Tür der Box zu schließen. Mit klopfendem Herzen lief er zu einer der flackernden Öllampen, die den Stall nachts spärlich erhellten, hielt das Halfter ins Licht und bog die beiden Lederstücke vorsichtig auseinander.

Tatsächlich! Im trüben Schein der Öllampe sah er, dass in der Tasche etwas Helles steckte.
Eine Botschaft!
Mit Daumen und Zeigefinger zog Fion das gefaltete Stück Pergament aus dem Geheimfach hervor und öffnete es.
Der Brief war von Mailin!
Die krakelige Handschrift, mit der sie die Zeilen auf das Pergament geschrieben hatte, zeugte davon, dass sie in großer Eile gewesen sein musste. Bei dem schlechten Licht hatte Fion große Mühe, alles zu entziffern. Doch schließlich gelang es ihm. Dort stand zu lesen:
Fion! Diese Stute ist nicht Ninim!
Sie ist das Elfenpferd, das verschleppt wurde. Um ihr Verschwinden in der Menschenwelt zu tarnen, bringe ich Ninim an ihrer statt dorthin.
Mir bleibt nicht viel Zeit, das Weltentor schließt sich bereits.
Sollte ich nicht zurückkommen, musst du alleine in dein Heimatdorf reiten, damit der Pferdeheiler die Wahrheit in den Erinnerungen der Stute findet.
Zuvor aber gib der Stute unbedingt das Heilmittel aus Balsariskraut, das ich damals für Shadow besorgt habe. Die Stute wird nach der langen Zeit bei den Menschen sonst krank und könnte sogar sterben. Sie ist in großer Gefahr!
Du findest den Balsariskrauttrank im Haus der Pferdeheilerinnen. Es ist wichtig – bitte beeile dich!
Sorge dich nicht um mich. Ich komme schon irgendwie zurück. Ich verlasse mich nun ganz auf dich und hoffe, dass mein Einsatz nicht vergebens ist.

Möge die heilige Mutter Mongruad dich leiten und beschützen.
Deine Freundin Mailin
Fions Hände zitterten, als er das Pergament sinken ließ. Mailin hatte klar und knapp geschrieben. Damit war sie ein großes Wagnis eingegangen. Sie hatte nicht wissen können, wer Ninim in Empfang nehmen würde. Die Gefahr, dass einer der anderen Pferdehüter die Nachricht entdeckt hätte, war groß gewesen. Sie hatten wirklich großes Glück gehabt, dass er die Wachen bemerkt hatte und hinausgegangen war.
Glück? Fion runzelte die Stirn. Mailin konnte natürlich nicht wissen, wer die falsche Ninim in Empfang nehmen würde. Aber vielleicht hatte die verbannte Priesterin Enid ja einen Blick in die Zukunft werfen können.
Nachdenklich ging er zu einem Strohballen und setzte sich. Glück oder nicht, das war in diesem Augenblick gleichgültig. Wenn das alles hier vorbei und Mailin gesund heimgekehrt war, würde er sie danach fragen. Doch jetzt hatte er andere Sorgen.
Er hatte miterlebt, wie Shadow nach der kurzen Zeit, die er bei den Menschen verbracht hatte, schwer erkrankt war, und wagte nicht daran zu denken, wie schlimm es der Stute nach den vielen Jahren in der Welt der Menschen ergehen mochte. Mailin hatte Recht. Das Pferd musste so schnell wie möglich den Heiltrank aus Balsariskraut zu sich nehmen, sonst würde es schwer erkranken oder gar sterben.
Doch wie sollte er an den Trank kommen?
Mitten in der Nacht würde er im Haus der Pferdeheilerinnen niemanden antreffen. Und selbst wenn, was soll-

te er ihnen erzählen? Die Wahrheit ganz sicher nicht. Niemand, nicht einmal die Pferdeheilerinnen, durften erfahren, was mit Ninim geschehen war. Sonst wäre der Plan, Lavendra zu entlarven, gescheitert, ehe Fion auch nur damit begonnen hatte, hinter das Geheimnis der Entführung zu kommen.

Aber was sollte er tun?

Niedergeschlagen blickte Fion noch einmal auf das Pergament.

Bitte beeile dich!

Immer wieder las er die drei Worte.

Bitte beeile dich!

Fion spürte, dass ihm nicht mehr viel Zeit blieb. Wenn er hier noch lange herumhockte und grübelte, war es vielleicht schon zu spät. Dabei wusste er längst, dass es nur einen Weg gab, den Heiltrank zu bekommen – er musste ihn stehlen!

Ein schicksalhafter Anruf

Julia lag im Bett und lauschte auf das Rauschen des Windes, der durch die knospenden Zweige des alten Apfelbaums vor ihrem Schlafzimmerfenster strich. Manchmal drückte eine Bö die Äste an die Hauswand und ließ sie über den roten Klinker scharren, aber das Geräusch war ihr vertraut und störte sie nicht.
Die heimliche Radtour in den Danauer Forst hatte sie sehr erschöpft. Sie war froh gewesen, als sie kurz nach Mittag endlich wieder das Ortsschild von Neu Horsterfelde passiert hatte, denn Regen und Wind hatten ihr auch auf dem Rückweg arg zugesetzt. Natürlich hatte sie Mailin trotzdem fest versprochen, am nächsten Tag wiederzukommen, so wie sie es schon seit fast zwei Wochen tat und vermutlich auch noch in den kommenden Wochen tun würde, wenn alles gut ging.
Wenn ... Julia seufzte. Diesmal hätte ihre Mutter sie fast erwischt, als sie von der heimlichen Radtour zurückkehrte.
Sie hatte es gerade noch geschafft, ihr Mountainbike mit dem Gartenschlauch von Schlamm und Dreck zu befreien und es zusammen mit der klatschnassen Regenjacke wieder in den Schuppen zu bringen, als sie das Auto ihrer Mutter auch schon die Auffahrt hinaufkommen hörte.
Wie der Blitz war sie durch die Terrassentür in ihr Zim-

mer gesaust, hatte ihre Jeans und das Sweatshirt in rekordverdächtiger Zeit gegen den Schlafanzug getauscht und war ins Badezimmer gelaufen, um ihre regennassen Haare mit einer vorgetäuschten Haarwäsche zu tarnen. Ihre Mutter war davon nicht gerade begeistert gewesen, hatte Julias Bemerkung, die strähnigen Haare würden sie total nerven, jedoch als ein Zeichen dafür genommen, dass es ihrer Tochter nun langsam wieder besser ging.
Sie schien keinen Verdacht zu schöpfen. Dennoch hatte Julia sich vorgenommen, in den kommenden Tagen etwas zeitiger nach Hause zu fahren, damit so etwas nicht noch einmal vorkam.

Gegen Abend hatte es endlich aufgehört zu regnen. Allerdings war der Wind noch immer sehr stürmisch und trieb weiterhin dunkle Wolken über den Himmel. Julia hatte mit Spannung auf den ausführlichen Wetterbericht im Fernsehen gewartet und erfahren, dass sich die Wetterbesserung tatsächlich fortsetzen sollte. Glaubte man den Meteorologen, würde es in den kommenden Tagen sogar richtig frühlingshaft werden.

Julia schaute zum Fenster hinüber, wo sich zwischen den Wolken immer mehr Lücken auftaten, in denen erste Sterne zu sehen waren. Sie hegte die Hoffnung, am nächsten Tag zum ersten Mal nicht im Regen durch den Danauer Forst fahren zu müssen.
In Gedanken ging sie noch einmal all die Dinge durch, die sie Mailin mitnehmen wollte, da klingelte unten im Flur das Telefon.

»Wiegand«, hörte Julia ihre Mutter sich melden. »Oh, hallo Frau Meinert ... Ja, ich habe Zeit ... Nein, sie ist schon im Bett. Sie hat eine schlimme Erkältung ...wegen Spikey? ... Ach ... Warten Sie, ich setze mich ins Wohnzimmer.«

Julia hörte Schritte, dann schnappte eine Tür zu und sie konnte die Stimme ihrer Mutter nur noch als dumpfes, unverständliches Gemurmel hören.

»So ein Mist!«, schimpfte sie leise vor sich hin. Wenn Frau Meinert wegen Spikey anrief, gab es sicher etwas sehr Wichtiges zu besprechen.

Frau Meinert war die Mutter von Susanna, des Mädchens, dem Julias Pflegepony gehörte. Genau genommen war Susanna auch kein Mädchen mehr, sondern schon erwachsen. Um Spikey kümmerte sie sich schon seit Jahren nicht mehr. Manchmal kam es Julia schon so vor, als gehöre ihr Spikey ganz allein, doch die Wirklichkeit sah leider anders aus.

Jedes Mal, wenn es darum ging, Entscheidungen zu treffen, die ihr Pflegepony betrafen, wurde ihr schmerzlich bewusst, dass Spikey ihr nicht gehörte. Ihre Zeit mit dem gescheckten Pony würde nicht ewig dauern, es war nur eine Freundschaft auf Zeit! Jederzeit konnte Susanna das Pony von ihr zurückfordern – und so war es kein Wunder, dass Julia immer heftige Bauchschmerzen bekam, wenn sich Frau Meinert schriftlich oder telefonisch bei ihnen meldete.

So wie jetzt.

Für einen Augenblick war Julia versucht hinunterzuschleichen und an der Wohnzimmertür zu lauschen. Doch ihr Vater werkelte gerade in der Küche an einem kaputten Wasserhahn herum und würde sie vermutlich sofort entdecken. So blieb ihr nichts anderes übrig, als im Bett zu warten, bis ihre Mutter zu Ende telefoniert hatte und von sich aus mit den Neuigkeiten zu ihr kam.

Ihre Geduld wurde jedoch auf eine harte Probe gestellt. Die Leuchtziffern der LCD-Anzeige ihres Radioweckers wechselten fast fünfzehn Mal, ehe sich die Wohnzimmertür wieder öffnete und sie hörte, wie sich ihre Mutter mit den Worten »Ja, wir melden uns wieder bei Ihnen ... bis kommenden Mittwoch – versprochen ... Danke. Ihnen auch noch einen schönen Abend« von Frau Meinert verabschiedete.

Es piepte kurz, als sie den Hörer wieder in die Station stellte, doch statt die Treppe heraufzukommen, wie Julia es mit klopfendem Herzen erwartete, ging sie zunächst in die Küche.

Das dauerte entschieden zu lange. Julias Neugier wurde unerträglich. Sie schlüpfte aus dem Bett und lief die Treppe hinunter in die Küche, wo ihre Eltern gerade in ein Gespräch vertieft waren. Als Julia die Küchentür öffnete, verstummten die beiden sofort und schauten ihre Tochter so erschrocken an, als hätte diese sie bei einer geheimen Unterredung ertappt.

»War das gerade Frau Meinert?«, fragte Julia betont arglos und tat, als bemerke sie die seltsamen Blicke ihrer Eltern nicht.

»Ja ... das ... das war Frau Meinert«, antwortete ihre Mutter gedehnt. Julia entging nicht, dass sie ihrem Vater dabei einen kurzen Seitenblick zuwarf, als wisse sie nicht so recht, was sie ihrer Tochter antworten solle.

Die Sache wurde immer seltsamer.

»Und?« Julia lehnte sich mit der Schulter gegen den Türrahmen und verschränkte die Arme vor der Brust.
»Und?« Anette Wiegand schaute ihre Tochter an, als hätte sie die Frage nicht richtig verstanden.
»Na, es ging doch sicher um Spikey«, erwiderte Julia in leicht genervtem Tonfall. »Wie immer, wenn sie anruft. Also, was ist los?«
»Nun also. Frau Meinert ...« Ihre Mutter schien immer noch nicht so recht zu wissen, wie sie beginnen sollte. Sie warf ihrem Mann einen Hilfe suchenden Blick zu. Doch der zuckte nur mit den Schultern und seufzte.
»Ist ... ist mit Spikey etwas passiert?« Plötzlich hatte Julia furchtbare Angst, dass ihrem geliebten Pony etwas zugestoßen sein könnte. Ihre Eltern benahmen sich äußerst merkwürdig, das konnte nichts Gutes bedeuten.
»Nein, nein«, sagte ihre Mutter schnell. »Mit Spikey ist alles in Ordnung. Du musst dir keine Sorgen machen.« Sie verstummte und warf einen Blick auf Julias nackte Füße. »Sag mal, du bist ja barfuß!«, wechselte sie ganz unvermittelt das Thema. »Bist du denn von allen guten Geistern verlassen, hier unten auf den eiskalten Fliesen ohne Hausschuhe herumzulaufen? So wirst du bestimmt nicht gesund.« Sie deutete auf die Wohnzimmertür: »Lass uns ins Wohnzimmer gehen, da ist es wärmer.«

Zwei Minuten später saß Julia, in eine flauschige Decke gehüllt, auf ihrem Lieblingssessel. Ihre Mutter hatte auf dem Sofa Platz genommen. Im Kamin knisterte ein Feuer und verbreitete eine angenehme Wärme, während

draußen der Mond hinter einer Wolke hervorschaute und den Garten in ein mildes Licht tauchte.
»Also, was ist nun mit Spikey?«, fragte Julia, die es vor Neugier nicht mehr aushielt.
»Nichts.« Der Tonfall ihrer Mutter stand in krassem Widerspruch zu ihrer Aussage.
Julia horchte auf. »Nichts?«, hakte sie noch einmal nach. »Heißt das, Frau Meinert ruft hier so spät abends an, um dir nur mal Guten Abend zu sagen?«
»Sie hat sich nach deinem Befinden erkundigt.« Die Antwort kam etwas zu hastig, um wirklich ehrlich zu klingen.
»Ach! Sie weiß doch nicht einmal, dass ich krank bin«, hielt Julia dagegen und fügte eindringlich hinzu: »Mama, wenn etwas mit Spikey ist . . .«
»Mit Spikey ist alles in Ordnung«, wiederholte ihre Mutter nachdrücklich. »Frau Meinert war heute auf der Danauer Mühle und hat von Frau Deller erfahren, dass du krank bist. Sie hat wirklich nur angerufen, um nachzufragen, wie es dir geht.«
»Dafür war es aber ein ziemlich langes Gespräch.« Julia blickte ihre Mutter misstrauisch an. »Bestimmt hat sie noch mehr gesagt.«
»Ach Kind, das ist ja fast wie ein Verhör!« Ihre Mutter seufzte. »Natürlich hat sie noch mehr erzählt. Von Susanne und was sie für die Zukunft plant. Und . . .«
»Und was sie mit Spikey vorhat!«, fiel Julia ihr ins Wort.
»Julia!« Das Gesicht ihrer Mutter hatte diesen merkwürdigen Ausdruck angenommen, der meistens bei Lehrern zu sehen war, die einem besonders uneinsichtigen Schüler etwas erklärten. »Ich kann gut verstehen,

dass du dich um das Pony sorgst. Immerhin kümmert Susanna Meinert sich nun schon seit zwei Jahren nicht mehr um Spikey. Sie ist inzwischen erwachsen und hat ganz andere Interessen. Ich gebe zu, dass auch ich über kurz oder lang damit rechne, dass sie Spikey verkaufen werden. Aber deshalb musst du mir doch nicht wegen jedem Telefonat Löcher in den Bauch fragen.«

»Ich werde niemals zulassen, dass Spikey verkauft wird!« Julia verschränkte die Arme trotzig vor der Brust. »Das weißt du!«

»Ja, ich weiß.« Ihre Mutter lächelte. »Du hängst an diesem Pony, als sei es dein eigenes. Aber vergiss nicht, dass auch du älter wirst. Du hast doch selbst gesehen, wie es Susanna ergangen ist. Erst war sie als Austauschschülerin in den USA, dann in Frankreich. Irgendwann kam ihr die Liebe dazwischen und plötzlich liegt das Glück der Erde nicht mehr nur auf dem Rücken der Pferde.«

»Wie poetisch.« Julia schnitt eine Grimasse. »Ich bin vierzehn!«, sagte sie nachdrücklich. »Und ich bin nicht Susanna. Ich werde gewiss nicht in die USA gehen und mich bestimmt ...«

»... nie verlieben?«, fiel die Mutter ihr augenzwinkernd ins Wort. »Denk mal an Carolin.«

»Das habe ich doch gar nicht gesagt«, blaffte Julia sie an. »Du wirst es nicht glauben, aber es gibt tatsächlich Mädchen, die einen Freund haben *und* reiten – Anita zum Beispiel.«

»Sieh an.« Ihre Mutter zog erstaunt die Augenbrauen in die Höhe und grinste. »Seit wann ist die allseits so unbeliebte Anita denn ein Vorbild für dich?«

»Vorbild? So ein Quatsch! Das war doch nur ein Beispiel«, erwiderte Julia. »Ich wollte damit nur sagen, dass man sich nicht zwangsläufig zwischen Pferd und Freund entscheiden muss.«
»Das stimmt schon.« Ihre Mutter nickte, ließ sich aber nicht beirren. »Trotzdem. Wir können nicht in die Zukunft sehen und mit vierzehn bist du nun mal in einem Alter, in dem sich vieles verändert.« Sie seufzte und fuhr sich mit den Händen über das Gesicht, als sei sie plötzlich sehr müde. »Aber du hast Recht, jeder ist anders und es ist müßig, jetzt schon darüber zu reden, was geschieht, wenn du mal einen Freund hast. Die Frage stellt sich ja bei dir noch nicht.« Sie zwinkerte ihrer Tochter verschwörerisch zu. »Jedenfalls soweit ich bisher informiert bin. Du kannst dich also beruhigt wieder hinlegen. Spikey geht es gut. Es gibt nichts, worüber du dir Sorgen machen müsstest.«
»Das sagt sich so leicht.« Julia fasste einen Entschluss. Sie schlug die Decke zurück und stand auf. »Weißt du, was?«, meinte sie und fuhr, ohne eine Antwort abzuwarten, fort: »Morgen fahre ich wieder zur Danauer Mühle und sehe selbst nach, wie es Spikey geht.«
»Fühlst du dich denn wieder fit?« Ihre Mutter machte ein nachdenkliches Gesicht.
»Auf jeden Fall fit genug, um zum Reiterhof zu fahren.« Julia nickte. »Außerdem sagst du doch auch immer, dass mir frische Luft gut tut.«
Ihre Mutter wollte einen Einwand vorbringen, aber Julia war schneller. »Keine Sorge! Ich ziehe mich warm an und fahre langsam.« Nun war sie es, die ihrer Mutter zuzwinkerte. »Du kennst mich doch.«

Pech im Glück

Fion hatte noch nie etwas gestohlen – in seinem ganzen Leben nicht. Er war nicht einmal auf den Gedanken gekommen, etwas stehlen zu können, und hatte fremdes Eigentum, wenn es ihm in die Hände fiel, immer an den rechtmäßigen Besitzer zurückgegeben.
Anders als Mailin, die nur wenig Bedenken hatte, Grenzen zu überschreiten, wenn ihr etwas wichtig erschien, war Fion stets bemüht, nicht gegen die bestehenden Regeln zu verstoßen.
Dass Mailin ihn in ihre Pläne eingeweiht und damit zu ihrem Komplizen gemacht hatte, war für ihn eine große Herausforderung, aber auch eine enorme Belastung. Zu seinem eigenen Erstaunen gelang es ihm in diesem besonderen Fall jedoch nahezu mühelos, über all die kleinen Regelverletzungen und sogar Gesetzesbrüche hinwegzusehen, die notwendig waren, um Lavendra zu überführen.
Fion war entschlossen Mailin zu helfen und so zögerte er auch nur einen winzigen Augenblick, als er das leicht geöffnete Fenster im Haus der Heilerinnen entdeckte.
Du findest den Balsariskrauttrank im Haus der Pferdeheilerinnen. Es ist wichtig – bitte beeile dich!
Die Worte, die Mailin an ihn geschrieben hatte, gingen ihm noch einmal durch den Kopf. Sie verstärkten das Gefühl der Dringlichkeit, das ihn hierher geführt hatte,

und drängten seine Bedenken weit zurück. Das geöffnete Fenster erschien ihm wie ein Wink des Schicksals.
Ein letztes Mal blickte er sich aufmerksam nach allen Seiten um und lauschte in die nächtliche Stille hinein, dann schob er die Hand durch den Fensterspalt, tastete nach dem Riegel, der es von innen geöffnet hielt, und stieß einen erleichterten Seufzer aus. Der Fensterriegel unterschied sich kaum von denen im Quartier der Pferdehüter. Es war ein Leichtes, ihn von außen zu öffnen. Vorsichtig drückte Fion den Haken aus der Öse und öffnete das Fenster so weit, dass er auf den Tisch unterm Fenster klettern konnte. Das Herz klopfte ihm vor Aufregung bis zum Hals. Dennoch vergaß er nicht, das Fenster wieder so zu schließen, wie er es vorgefunden hatte, ehe er vom Tisch sprang und sich im nächtlichen Halbdunkel des großen Raumes umsah.
Er war noch nie selbst bei den Heilerinnen gewesen. Wenn eine Salbe oder ein Heiltrank für die Pferde benötigt wurde, holten es zumeist die Stallburschen.
Fion ließ den Blick über die vielen offenen Regale an den Wänden streifen und schaute zur Decke empor, von der duftende Kräuterbündel dicht gedrängt herabhingen. Er hatte überhaupt keine Vorstellung davon, wonach er suchen musste, und wusste schon gar nicht, wo er beginnen sollte.
Unschlüssig trat er vor das erstbeste Regal und besah sich die vielen tönernen Töpfe und gläsernen Flaschen, die dort im Wechsel mit geflochtenen Körben und flachen Schalen aufgereiht standen.
Wo mochten die Heilerinnen einen Heiltrank aus Balsariskraut aufbewahren? Gewiss in einer der unzähligen

Glasflaschen. Wahllos griff er nach einer Flasche und hielt das Etikett so ins Mondlicht, dass er die geschwungene Handschrift entziffern konnte. »Meladearin« stand drauf. Das Wort sagte Fion gar nichts. Achselzuckend stellte er die Flasche zurück, nahm die nächste zur Hand und las erneut: »Menopilsaft.« Wieder ein Heilmittel, das er nicht kannte. In rascher Folge betrachtete er drei weitere Flaschen aus dem Regal. »Mhestumkraut, Mihamel, Mondwasser . . .« Fion stutzte. In dieser Reihe schienen alle Heilmittel mit einem M zu beginnen.

Er stellte sich auf die Zehenspitzen und nahm einen Tiegel zur Hand, der drei Reihen höher stand. »Lunalen« las er leise, stellte den Tiegel zurück und bückte sich, um das Etikett einer Glasflasche auf einem der unteren Regalböden zu entziffern. »Opuntisaft – natürlich!« Fion schlug sich mit der flachen Hand gegen die Stirn. Die Heilmittel waren alphabetisch geordnet. Warum hatte er nicht gleich daran gedacht? Die Heilerinnen mussten die gewünschten Heiltränke, Salben und Pulver doch jederzeit schnell finden können, da bot es sich geradezu an, sie nach ihren Namen zu sortieren.

Schnell richtete er sich auf, ging zwei Schritte nach links und trat vor das erste der prall gefüllten Regale.

»A . . . A . . . A«, murmelte er leise vor sich hin, während er an den einzelnen Regalreihen mit dem Finger entlangfuhr. Dann hielt er abrupt inne. »B!« Ein Lächeln huschte über sein Gesicht, doch noch hatte er nicht gefunden, wonach er suchte – und so fuhr er nach kurzem Zögern fort. »Ba . . . Bab . . . Bad . . . Bag . . . Bal . . . Balsariskraut!« Fion spürte, wie sein Herz heftig zu pochen begann. Er hatte es tatsächlich gefunden!

Er griff nach der großen Glasflasche und nahm sie an sich. Sie war noch fast ganz voll. Im ersten Moment wollte er sofort zum Stall laufen und der Stute das Heilmittel geben. Doch plötzlich fiel ihm ein, dass die Heilerinnen das Verschwinden der Flasche dann schon am nächsten Morgen bemerken würden.
Sicherer war es, einen Teil der Flüssigkeit in ein anderes Gefäß zu füllen und die Flasche gar nicht erst mitzunehmen. Hastig schaute er sich um. Irgendwo musste es doch ein leeres Gefäß geben, das er verwenden konnte. Im Halbdunkel war kaum etwas zu erkennen, aber schließlich fand er, wonach er suchte: einen kleinen Tonkrug, in den er den Balsariskrauttrank füllen konnte.
Den Krug wie einen Schatz in den Händen haltend, stellte er die nun deutlich geleerte Flasche wieder sorgfältig zurück an ihren Platz, huschte zum Fenster und spähte in die mondbeschienene Dunkelheit hinaus.
Alles war ruhig.
Fion fühlte eine diebische Freude in sich aufsteigen. Es war erstaunlich, wie mühelos es ihm gelungen war, das Balsariskraut zu beschaffen. Mailin würde stolz auf ihn sein. Leise öffnete er das Fenster, kniete sich auf den massiven Holztisch, der vor dem Fenster stand, und kletterte hinaus.
Dabei stieß er aus Versehen mit dem Fuß gegen ein paar Flaschen, die auf dem Tisch standen. Aber Fion, der schon fast draußen war, bemerkte es nicht. Die Flaschen gerieten ins Wanken und schließlich fiel die erste mit einem lauten *»Klirr!«* zu Boden.
Fion glaubte, ihm bliebe das Herz stehen. Starr vor

Schreck kauerte er im geöffneten Fenster und lauschte auf das Klirren von drei weiteren Gefäßen, die herunterfielen und zerbarsten.
In der Stille waren die Geräusche weithin zu hören, dann kehrte Ruhe ein.
Fion lauschte mit angehaltenem Atem.
Das Käuzchen im Wald rief noch immer und ganz in der Nähe raschelte etwas im Laub. Ansonsten war es still.
Er wartete noch einige Herzschläge lang, dann sprang er mit einem Satz nach draußen. Plötzlich hatte er es sehr eilig. Mit zitternden Fingern nahm er den Krug wieder an sich, den er innen auf der Fensterbank abgestellt hatte, schloss das Fenster und rannte davon.
Sein Herz hämmerte wie wild. Der Einbruch würde nicht unbemerkt bleiben. Er konnte nur hoffen und zu den Göttern beten, dass er keine verräterischen Spuren hinterlassen hatte.

»Ja, das ist Ninim.« Die Stimme des Stallmeisters war durch die geöffnete Stalltür deutlich zu hören.
Fion hielt alarmiert inne und presste sich neben der Tür an die hölzerne Wand des Pferdestalls. Offensichtlich war der Stallmeister mit den beiden Wachen zu Ninims Box gegangen, um sich selbst davon zu überzeugen, dass die beiden die Wahrheit sagten.
»Die Stute ist wahrlich als dickköpfig und eigensinnig bekannt«, hörte er den Stallmeister sagen. »Aber ich hätte nie gedacht, dass sie in den Schweigewald laufen könnte.«
»Die Pferdehüterin sagte, dass das Tier von den Weiden am Auetal ausgerissen sei«, erklärte einer der beiden

Wachposten. »Ich gestattete ihr hineinzureiten, um nach der Stute zu suchen.« Es folgte eine kurze Pause, dann fuhr er fort: »Was dann geschah, haben wir euch ja bereits berichtet.«

»Wenn die Pferdehüterin bis Sonnenaufgang noch nicht zurückgekehrt ist, werde ich den König bitten einen Suchtrupp zusammenzustellen«, entschied der Stallmeister. »Die ganze Sache erscheint mir doch sehr seltsam. Es würde mich nicht wundern, wenn die verbannte Priesterin ihre Finger da im Spiel hat.«

»Vielleicht hält sie Mailin gefangen, um den König zu erpressen«, wagte einer der beiden Wachen zu vermuten. »Nach der langen Zeit im Schweigewald wäre es doch gut möglich, dass sie . . .«

»Solche Vermutungen führen zu nichts und bringen uns nicht weiter«, fiel der Stallmeister ihm ins Wort. »Sobald es hell wird, werde ich dem König von dem Vorfall berichten. Er wird wissen, was zu tun ist.« Er seufzte laut. »Schade, dass Ninim nicht zu uns sprechen kann. Wenn sie uns erzählen könnte, was sie gesehen hat, wäre uns das sicher eine große Hilfe.«

Stroh raschelte und Fion hörte, wie sich Schritte näherten. Eilig huschte er von der Tür fort und versteckte sich hinter einem großen Heuhaufen, der ein paar Schritte entfernt lag.

Mit angehaltenem Atem beobachtete er, wie die Wachen und der Stallmeister den Stall verließen und sich verabschiedeten. Während die Wachen aufsaßen und davonritten, ging der Stallmeister zurück in sein Quartier.

Fion hörte, wie sich die Tür hinter ihm schloss und der

Hufschlag verklang, wartete jedoch noch einen Moment und lauschte. Erst als er sich sicher wähnte, dass weder die Wachen noch der Stallmeister zurückkommen würden, schlüpfte er aus seinem Versteck und schlich in den Stall.

Die Stute in Ninims Box wirkte schon sehr erschöpft. Ihr Blick war trübe geworden und ihre Beine zitterten. Fion bekam einen gehörigen Schrecken, als er sah, wie sehr sich ihr Zustand in der kurzen Zeit verschlechtert hatte. Ein wenig machte er sich Vorwürfe, dass er ihr zuvor nichts zu saufen gegeben hatte, doch er war keine Heilerin und wusste nicht, wie er der Stute das Heilmittel sonst hätte einflößen sollen.

Fion füllte einen der großen Tröge mit Wasser, schüttete den ganzen Heiltrank hinein und stellte den Trog in die Box.

Die Stute schien wirklich sehr durstig zu sein, zögerte jedoch das Wasser zu trinken, das einen eigentümlichen Geruch verströmte.

Fion ballte die Fäuste und betete im Stillen darum, dass sie saufen würde. Wenn sie das Wasser verschmähte, wäre all seine Mühe vergebens gewesen und der Heiltrank verloren.

Trink!, feuerte er die Stute in Gedanken an. Trink doch endlich!

Endlose Augenblicke verstrichen, in denen er die Stute mit angehaltenem Atem beobachtete. Ninim schnupperte zunächst misstrauisch an dem Wasser, schien dann aber zu dem Schluss zu kommen, dass es unbedenklich sei, und begann zu saufen.

Zug um Zug leerte sich der Trog, den Fion ganz bewusst mit wenig Wasser gefüllt hatte, um sicher zu gehen, dass Ninim den Heiltrank auch wirklich ganz zu sich nahm. Erst als nur noch ein winziger Rest im Trog glitzerte, füllte er frisches Wasser nach.
Und während die Stute weitersoff, machte sich Fion glücklich und erleichtert auf den Weg nach draußen, um für sie einen Arm voll duftendes Heu von dem Heuhaufen zu holen.

Sorgen um White Lady

Am nächsten Morgen machte sich Julia zeitig auf den Weg. Nachdem sie nun mehr als eine Woche nicht mehr auf der Danauer Mühle gewesen war, wollte sie so früh wie möglich dorthin fahren, um Spikey wieder zu sehen und sich selbst davon zu überzeugen, dass es ihm gut ging.

Das Gespräch mit ihrer Mutter am vergangenen Abend war für sie sehr unbefriedigend verlaufen und hatte ihre Angst, dass die Freundschaft zu ihrem Pflegepony in Gefahr war, sogar noch weiter verstärkt. Die halbe Nacht hatte sie wach gelegen und sich Gedanken darüber gemacht, was Frau Meinert ihrer Mutter am Telefon wohl erzählt haben mochte.

Wenn es wirklich so belanglos war, wie ihre Mutter behauptete, warum hatten sich ihre Eltern dann so komisch benommen, als sie in die Küche kam? Und warum hatten die Erklärungsversuche ihrer Mutter fast wie Ausreden geklungen?

Je länger sie darüber nachdachte, desto mehr erhärtete sich ihr Verdacht, dass hinter dem Telefonat mehr steckte als nur die Frage, wie es um ihre Gesundheit stand – und Julia war entschlossen, die Wahrheit herauszufinden.

Das Wetter meinte es gut mit ihr. Die dunklen Regenwolken hatten sich in der Nacht endgültig verzogen, der

Wind war abgeflaut und die Sonne schien so strahlend und frühlingswarm vom hellblauen Himmel, als hätte es Sturm und Regen nie gegeben.
Was für ein herrlicher Tag!
Julia atmete tief durch. Im Sonnenschein fühlte sie sich gar nicht mehr krank. Obwohl sie vor Anstrengung manchmal noch husten musste, trat sie kräftig in die Pedale und quälte sich langsam die ansteigende Straße hinauf, die von Neu Horsterfelde zum Reiterhof führte.
Die heftigen Regengüsse der vergangenen Tage hatten auf dem Boden deutliche Spuren hinterlassen. Zu beiden Seiten der Straße war der Sand fortgespült und überall auf den Feldern kündeten kleine Überschwemmungen davon, dass der durchweichte Boden die Wassermassen nicht mehr hatte aufnehmen können.
Das letzte Stück des Weges war besonders schlimm zu befahren, denn die Straße zum Reiterhof war noch immer nicht vollständig geteert. Julia hatte große Mühe, all den großen und kleinen Pfützen auszuweichen, die der Regen in den Sandweg gewaschen hatte. Einmal erstreckte sich eine Wasserlache sogar über die ganze Straßenbreite und zwang sie abzusteigen und ihr Rad auf den etwas höher gelegenen Grünstreifen zu hieven, wo sich ein kleiner, von unzähligen Pferdehufen ausgetretener Pfad neben der Straße entlangschlängelte.
Julia schaute auf die Armbanduhr: 9.30 Uhr!
Sie hatte Glück. Um diese Uhrzeit waren noch nicht viele Autos unterwegs. Wenn in einer halben Stunde die Ferienreitkurse begannen, würde es hier ganz schön eng werden.
Fünfzig Meter hinter dem überschwemmten Straßenab-

schnitt begann die Teerstraße. Julia schwang sich wieder auf das Rad. Von hier war der Reiterhof schon gut zu sehen. Die Danauer Mühle lag etwa fünfhundert Meter entfernt in einer Senke rechter Hand neben der Straße und war nur durch ein paar abschüssige Weiden und zwei Reitplätze von dieser getrennt. Schon von hier oben konnten die Autofahrer sehen, ob hinter der blauen Halle noch einer der wenigen begehrten Parkplätze frei war, oder ob es ratsamer war, die Parkplätze oben an der Straße zu nutzen und einen kurzen Fußmarsch in Kauf zu nehmen. Frau Deller, die Besitzerin des Reiterhofes, sah es nicht gern, wenn die Autos den engen Hof verstopften und die laufenden Motoren die Pferde nervös machten.
An diesem Morgen standen aber nur drei Autos auf dem kleinen Parkplatz hinter der Reithalle. Katjas grasgrüner Uralt-Golf, ein grüner Van und der rote Jeep der Familie von der Heyde.
Julia stutzte. Anita war schon so früh auf dem Reiterhof? Das grenzte an ein Wunder. Normalerweise ließ sie sich nicht vor dem Mittagessen auf der Danauer Mühle sehen. Seit sie mit Till, ihrem neuen Freund, zusammen war, kam sie sogar oft erst am Abend.
Plötzlich fiel Julia etwas ein. Wollte Anita nicht in den Ferien mit Till zum Skifahren in die Schweiz fahren? Dann war sie vermutlich gerade aus dem Urlaub zurückgekommen und wollte sich davon überzeugen, ob es White Lady unter Monis Pflege auch gut ergangen war.
Julia schmunzelte. Zum Glück hatte Anita die ganze Aufregung um die Stute in den Ferien nicht mitbekom-

men. Moni war gleich am ersten Wochenende mit White Lady ausgeritten und ohne sie zum Reiterhof zurückgekehrt. Man hatte sie sogar verdächtigt, die wertvolle Stute entführt zu haben.
Moni und White Lady entführen, Julia lachte leise. Sie wusste, was geschehen war: In Wirklichkeit hatte Mailin das Pferd entführt. Aber das durfte außer ihr natürlich niemand erfahren. Zum Glück war es ihr noch rechtzeitig gelungen, Mailin dazu zu bewegen, White Lady zurückzubringen, ehe die mutmaßliche Entführung noch höhere Wellen schlug.
Alle waren unendlich erleichtert gewesen und hatten nicht eine Sekunde an Julias Geschichte gezweifelt, wo und wie sie Anitas Wunderpferd gefunden hatte.
Moni selbst hatte sich nur langsam von dem Schrecken erholt und jedem erzählt, wie dankbar sie war, dass Julia White Lady zurückgebracht hatte.
Die Stute hingegen hatte das ausgestandene Abenteuer wohl noch nicht überwunden. Svea hatte Julia am Telefon berichtet, dass sie sich seitdem überaus merkwürdig benahm und oft störrisch und ungehorsam war. Ein hinzugezogener Tierarzt hatte allerdings keine Verletzungen feststellen können und alle hofften nun, dass White Lady bald zu ihrem sanftmütigen Wesen zurückfinden würde.

Julias Herz begann vor Freude heftig zu pochen, als sie die abschüssige Zufahrt zum Reiterhof hinabsauste. Eine ganze Woche lang hatte sie Spikey nicht gesehen. Eine Ewigkeit, so kam es ihr nun vor.
In der Aufregung um Mailin war die Zeit zwar wie im

Fluge vergangen, doch jetzt spürte sie, wie sehr ihr das Pony gefehlt hatte. Und obwohl sie wusste, das Svea sich hervorragend um Spikey gekümmert hatte, bekam sie ganz unvermittelt ein schlechtes Gewissen, weil sie ihren Aufgaben nicht selbst hatte nachkommen können. Ab heute würde sich das wieder ändern!
Julia stellte ihr Mountainbike in den neuen Fahrradständer aus verzinktem Stahlrohr, den Frau Deller den vielen radelnden Reiterinnen zum Saisonbeginn spendiert hatte, schloss es ab und reckte sich. Von nun an würde sie sich gleichermaßen um Mailin und Spikey kümmern – auch wenn das letzte Viertel des Schuljahres mit den vielen anstehenden Klassenarbeiten nicht gerade ein Kinderspiel werden würde.
Noch während sie auf den Privatstall zuging, holte sie die Begrüßungsmöhre für Spikey aus dem bunten Jutebeutel, in dem sie die Leckerlis für das Pony aufbewahrte. Dann öffnete sie die Stalltür – und war zu Hause!
Wie hatte sie nur eine ganze Woche ohne diesen herrlichen Stallgeruch auskommen können! Ohne die Danauer Mühle, ohne ihre Freundinnen und vor allem ohne Spikey.
Das gescheckte Pony klopfte vor Freude mit dem Huf an die Boxentür, als es Julia durch die Stallgasse kommen sah, und reckte ihr leise wiehernd den zottelmähnigen Kopf entgegen.
»Spikey!« Die letzten Meter zur Box legte Julia mit schnellen Schritten zurück. Lachend reichte sie Spikey die Möhre und schlang die Arme um seinen Hals.
»Oh, Spikey, ich hab dich ja so vermisst«, seufzte sie

glücklich, die Wange an das warme Fell gepresst und die Augen geschlossen. »Ich weiß, ich hab dich sträflich vernachlässigt«, gestand sie ein und versprach: »Aber ich mache es wieder gut! Ganz bestimmt! Heute bekommst du erst mal eine gründliche Fellpflege und dann machen wir einen langen Ausritt in den Danauer Forst. Nur wir beide!« Sie wuschelte Spikey liebevoll durch die krausen Stirnhaare und lauschte auf die genüsslich schmatzenden Geräusche, mit denen er die Möhre zerkaute. »Na, wie findest du das?«
Spikey schnaubte und bewegte den Kopf, als würde er nicken.
»Dann lass uns keine Zeit verlieren.« Julia war schon auf dem Weg zu den Halftern, die neben der Stalltür an der Wand hingen. »Nach den langen Regentagen freust du dich doch sicher auch, endlich wieder in die Sonne zu können.«

Wenig später wartete Spikey geduldig am Viereck darauf, dass Julia mit dem Putzkasten aus der Sattelkammer zurückkehrte. Katja, die einzige richtige Angestellte des Reiterhofs und offizielle Vertreterin von Frau Deller, war erstaunt, als sie aus dem Büro kam.
»Na, Spikey«, sagte sie schmunzelnd und tätschelte dem Pony im Vorbeigehen den Hals. »Sieht ganz so aus, als hätte hier jemand ein schlechtes Gewissen.«
»Das kannst du laut sagen.« Julia, die gerade mit dem Putzkasten aus der Sattelkammer kam, war die Bemerkung nicht entgangen. »Es hatte mich diesmal aber auch ganz schön erwischt.« Sie schniefte hörbar und angelte in der Tasche ihrer Reitweste nach einem Taschentuch,

um sich die Nase zu putzen. »Wirklich ätzend, so eine Grippe. Und ausgerechnet in den Ferien«
»Schön, dass du wieder fit bist.« Katja lächelte mitfühlend. »Hier waren in den letzten Wochen ja einige krank. Aber so langsam füllt es sich wieder.«
»Ich habe gesehen, dass Anita auch schon wieder da ist«, meinte Julia mit einem Kopfnicken in Richtung der blauen Halle. »Ganz schön früh. Für ihre Verhältnisse.«
»Sie war auch lange nicht hier und sorgt sich um ihr Pferd.« Katja strich Spikey über die Mähne. »So wie du.«
»Ist White Lady denn krank?«, hakte Julia nach. Dabei bemühte sie sich um einen überraschten Tonfall. Katja musste schließlich nicht wissen, dass Svea ihr schon von dem merkwürdigen Verhalten der Stute erzählt hatte.
»Krank nicht«, erwiderte Katja. »Aber seit dem Vorfall – du weißt schon, als Moni sie im Wald verloren hat – ist sie irgendwie nicht mehr dieselbe. Plötzlich ist sie bockig und eigensinnig. Manchmal auch richtig aggressiv. Zweimal schon hat sie beim Putzen nach Moni geschnappt. Das ist nicht normal.«
»Das klingt wirklich seltsam.« Julia runzelte die Stirn. Dass White Lady plötzlich bissig war, hatte Svea ihr gar nicht erzählt. »War denn schon ein Tierarzt . . .«
»Alles schon passiert!« Katja winkte ab. »Die können aber nichts finden. Organisch ist wohl alles okay.« Sie beugte sich etwas vor, senkte die Stimme und machte ein wichtiges Gesicht. »Deshalb hat Frau von der Heyde für heute Morgen auch einen Pferdeflüsterer bestellt. Er soll nachsehen, ob White Lady womöglich einen psychischen Schaden erlitten hat.«

»Cool!« Julia staunte. Von einem Pferdeflüsterer, einem *Seelenklempner für Gäule,* wie ihr Vater zu sagen pflegte, hatte sie zwar schon gelesen, aber noch nie einen bei der Arbeit erlebt. Fast bedauerte sie, dass sie Spikey einen langen Ausritt versprochen hatte. Doch Katja, die ihre Gedanken zu erraten schien, dämpfte ihre Erwartungen sogleich.
»Mach dir keine Hoffnungen«, sagte sie. »Wenn der Pferdeflüsterer kommt, lassen sie niemanden auch nur in die Nähe von White Lady. Es heißt, er braucht absolute Ruhe bei der Arbeit.«
Motorengeräusche ertönten. Katja blickte auf und schaute in Richtung der Zufahrt, auf der sich gerade zwei Autos näherten.
»Oh, die ersten Reitschülerinnen kommen schon. Ich muss mich beeilen.«
»Ich auch.« Julia nickte und griff nach dem Gummistriegel. »Spikey wird schon ungeduldig.«

Mehr als eine halbe Stunde später schloss Julia das Spikey-rundum-Verwöhnprogramm ab.
»Na Spikey, wie fühlst du dich jetzt?«, fragte sie mit einem zufriedenen Blick auf das glänzende Fell des Ponys.
»Das sieht wirklich super aus!«, hörte sie Svea in diesem Augenblick hinter sich sagen. »So viel Zeit zur Fellpflege hatte ich natürlich nicht.«
»Svea!« Julia fuhr herum und strahlte ihre Freundin an, die gerade mit dem Rad angekommen war. »Red nicht so einen Quatsch. Ich bin doch froh, dass du dich um Spikey gekümmert hast. Ich weiß gar nicht, was ich ohne dich gemacht hätte.«

»Und ich bin froh, dass du wieder fit bist.« Svea grinste. »Ganz schön anstrengend, so eine Pferde-Doppelbelastung.«
»Wir wollen gleich ausreiten, kommst du mit?« Julia stellte die Frage ganz selbstverständlich, doch dann fiel ihr ein, dass sie ja eigentlich zum alten Bahnhof und zu Mailin reiten wollte. Hastig biss sie sich auf die Lippen, aber Svea schien ihre plötzliche Verlegenheit nicht zu bemerken.
»Das würde ich wirklich gern«, sagte sie mit einem Blick zum wolkenlosen Himmel. »Aber ich habe mich bei Frau Deller zum Stalldienst gemeldet.« Sie zog bedauernd die Schultern in die Höhe. »Tut mir Leid. Aber ich konnte ja nicht wissen, dass du heute schon wieder hierher kommst, und da wollte ich mir noch eine Reitstunde verdienen.«
»Kein Problem«, sagte Julia betont locker, um sich ihre Erleichterung nicht anmerken zu lassen. »Dann verschieben wir es eben auf morgen.«
»Morgen wäre super.« Svea nickte. »Wir sind schon eine Ewigkeit nicht mehr zusammen ausgeritten . . . Hoffentlich hält sich das Wetter.«
»Klar!« Julia gab sich zuversichtlich. »Nach dem langen Regen haben wir uns ein paar Sonnenstrahlen wirklich verdient.« Ganz unvermittelt wurde sie ernst und wechselte das Thema. Sie trat noch etwas näher an Svea heran und fragte: »Sag mal, ist Frau Meinert in den vergangenen Tagen hier gewesen und hat sich nach Spikey erkundigt?«
»Frau Meinert?« Svea legte nachdenklich die Stirn in Falten, als ob sie erst überlegen müsse, wer das sein

könnte. »Ach, du meinst die Besitzerin von Spikey. Woher soll ich das wissen? Ich kenne sie doch gar nicht.«

»Das weiß ich. Aber vielleicht ist dir jemand aufgefallen. Im Stall oder bei Frau Deller ...« Julia schaute Svea fragend an. »Du warst in den Ferien doch fast jeden Tag hier.«

»Hm, mal überlegen.« Svea fasste sich grübelnd ans Kinn. Dann hellte sich ihre Miene auf. »Ja, da war jemand. Vorgestern, als ich Spikey füttern wollte, kamen mir in der Tür zum Privatstall Frau Deller und eine Frau mittleren Alters mit langen dunklen Haaren und Brille entgegen. Frau Deller sagte gerade so etwas wie ›Und Sie sind sich ganz sicher, dass Sie das wollen?‹ Dann bin ich hinein und habe nichts mehr gehört. Geht mich ja schließlich auch nichts an.«

»Lange dunkle Haare und eine Brille? Das war ganz sicher Susannas Mutter.« Julia runzelte die Stirn.

»Ist was mit Spikey?«, wollte Svea wissen.

»Wenn ich das nur wüsste.« Julia seufzte. »Gestern Abend hat Frau Meinert bei uns angerufen und lange mit meiner Mutter telefoniert. Angeblich wollte sie nur wissen, wie es mir geht und ob ich mich bald wieder um Spikey kümmern könne. Aber wenn du mich fragst, war das nicht der Grund des Anrufs. Ich bin sicher, da steckt mehr dahinter.«

»Wie kommst du denn darauf?«

»Meine Mutter hat sich so komisch benommen, als ich sie fragte, was Frau Meinert wollte«, erzählte Julia. »Ganz anders als sonst. Fast so, als wolle sie mir etwas verheimlichen.«

»Du könntest Frau Deller fragen«, schlug Svea vor.

»Wenn die Meinerts andere Pläne mit Spikey haben, muss sie es schließlich als Erste wissen. Jedenfalls ist Spikey nicht krank oder so.« Sie warf einen Blick über Julias Schulter hinweg auf das gestriegelte Pony und lachte. »Aber das hast du sicher schon selbst gemerkt.«
In diesem Augenblick kam ein weiterer Wagen die Zufahrt zum Reiterhof hinunter. Svea drehte sich um. »Tierpsychologische Praxis A. D. Wendt« las sie auf dem weißen Sprinter, der gerade auf den Hof rollte. »Was will der denn hier?«
»Der kommt bestimmt wegen White Lady«, meinte Julia. »Katja erzählte vorhin was von einem Pferdeflüsterer, den die von der Heydes bestellt haben, weil White Lady sich so störrisch benimmt.«
»Störrisch ist noch ganz schön untertrieben. Richtig biestig ist sie geworden.« Svea grinste. »Ein Pferdepsychologe. Was es nicht alles gibt. Na, da bin ich ja mal gespannt.«
»Wenn du ihm bei der Arbeit zugucken möchtest, kannst du es dir gleich wieder abschminken«, meinte Julia. »Katja sagt, der Pferdeflüsterer brauche absolute Ruhe.« Sie griff nach dem Putzkasten, um ihn in die Sattelkammer zurückzubringen. »Aber falls du doch etwas hören solltest, kannst du mir's gerne erzählen. Ich bin nämlich auch neugierig.« Sie zwinkerte Svea zu und sagte dann: »Jetzt reite ich aber erst mal los. Ich bin schon spät dran.«

Nichts als die Wahrheit

Der Ritt durch den Danauer Forst war herrlich.
Die Luft war angenehm mild und die Sonne schien golden durch die noch unbelaubten Baumkronen. Während in der feuchten Luft zarte Dunstschleier über den Lichtungen aufstiegen, mischte sich der würzige Geruch des Waldes mit den lieblichen Düften, die vom nahenden Frühling kündeten, und die Vögel, die tagelang geschwiegen hatten, schmetterten ihre Lieder nun so laut durch den Wald, als ließe sich die verlorene Zeit damit aufholen.
Der ganze Wald war so erfüllt von Musik, Licht und Wärme, dass Julia fast glaubte, sie könne mit ansehen, wie die Knospen der Büsche und Bäume aufsprangen und ihr noch junges Grün entfalteten.
Frühling! Wie verheißungsvoll das klang. Julia atmete tief durch und lauschte mit geschlossenen Augen dem fröhlichen Vogelkonzert und dem dumpfen, gleichmäßigen Takt von Spikeys Hufen, die weich und federnd auf das Laub trafen. Nach den langen Tagen im Stall schritt der gescheckte Hengst befreit und glücklich aus und Julia wünschte, sie könne immer so weiterreiten.
Natürlich blieb das nur ein Wunsch, aber der Weg zum alten Bahnhof war weit genug, dass sie den Ritt ausgiebig genießen konnte. Als das verlassene Backsteingebäude schließlich in Sicht kam, ließ sie Spikey im Schritt auf den alten Bahnhof zugehen.

Mailin schien sie schon bemerkt zu haben. Das Elfenmädchen kam heraus, noch ehe Julia abgesessen war.
»Du bringst die Sonne mit, wie schön«, begrüßte sie Julia lächelnd und unterdrückte ein Husten.
»Hab ich dir doch versprochen!« Julia grinste und schwang sich aus dem Sattel. »Und? Wie geht es dir?«, fragte sie, während sie ihren Rucksack vom Rücken nahm und darin nach den Dingen kramte, die sie für Mailin mitgebracht hatte.
»Bei Sonnenschein schon sehr viel besser«, erwiderte Mailin. »Wenn es nicht wieder anfängt zu regnen, bin ich in ein paar Tagen sicher wieder ganz gesund.«
»Ich fühle mich auch schon besser«, erwiderte Julia. Sie stellte den Rucksack ab und klopfte Spikey auf den Hals. »Es tut so gut, endlich wieder zu reiten.«
»Ich würde auch gern ein Stück ausreiten.« Mailin schaute sehnsüchtig in den Wald hinaus. »Gohin braucht dringend Bewegung. Kannst du mir nicht Wege zeigen, auf denen ich unbemerkt reiten kann?«
»Klar.« Julia fischte eine Plastiktüte mit Proviant aus ihrem Rucksack. »Aber bring das bitte erst mal rein. Dann muss ich es nicht länger mit mir herumschleppen. Ich hab dir Brötchen, etwas Obst und eine Flasche Vitaminsaft mitgebracht. Das sollte bis morgen reichen. Und hier ist noch heißer Tee. Trink den jetzt! Und für Gohin werden wir auf den Wiesen am Waldrand sicher was zu grasen finden.«

Kaum zehn Minuten später waren die beiden Mädchen unterwegs. So früh am Morgen war es sehr unwahrscheinlich, im Wald jemandem zu begegnen. Die Forstarbeiter hatten ihre Arbeit bereits eingestellt und die Hundebesitzer hielten sich meistens nur auf den Wegen am Rand des Danauer Forstes auf. Jogger und Radfahrer würden den Wald erst am Wochenende bevölkern, und da Mailin nun Kleider von Julia trug, würde sie niemandem so schnell auffallen.

Für den Ausritt hatte sie ihre langen weißblonden Haare mit einem roten Haargummi zu einem Pferdeschwanz gebunden und sogar Julias alte Reiterkappe aufgesetzt. Mit der Jeans und der dunkelblauen Steppjacke wirkte sie nun wie eine gewöhnliche Reiterin. Nur die helle Haut und die dunklen, geschlitzten Augen sahen noch etwas fremdartig aus.

»Ist es weit vom Bahnhof bis zu den gekreuzten Buchenstämmen, unter denen sich das Tor in meine Welt befindet?«, wollte Mailin wissen, als sie den Waldrand fast erreicht hatten.

»Die Buchenstämme? Oh ja. Die sind ganz am anderen Ende des Danauer Forstes nahe der Danauer Mühle«, erklärte Julia. »Wenn ich vom Reiterhof zu dir reite, muss ich immer daran vorbei. Aber du solltest da bei Tage besser nicht hinreiten, dort ist viel zu viel Betrieb. Die Gefahr, dass dich jemand sieht, ist groß.« Sie ließ Spikey langsamer gehen. »Warum fragst du?«

»Weil ich eigentlich jeden Tag nachsehen müsste, ob das Tor schon wieder geöffnet ist.«

»Aber das kann ich doch für dich machen«, bot sich Julia an. »Immer wenn ich zu dir reite, halte ich dort kurz an und werfe ein Holzstück unter den Stämmen hindurch. Wenn es verschwindet, ist das Tor offen. So habe ich es beim letzten Mal auch gemacht.« Plötzlich fiel ihr etwas

ein. »Sag mal, was ich dich noch fragen wollte: Ist White Lady irgendetwas zugestoßen, als du sie mit ins Elfenreich genommen hast? Ich meine, hat sie vielleicht Angst bekommen, einen großen Schrecken oder so was?«
»Nein.« Mailins Antwort kam etwas zögerlich. »Warum willst du das wissen?«
»Ach das war nur so ein Gedanke. Ich war heute das erste Mal wieder auf der Danauer Mühle und da hat Katja mir erzählt, dass es White Lady scheinbar gar nicht gut geht.«
»So? Was fehlt ihr denn?« Mailin schien ehrlich besorgt.
»Sie ist nicht krank, mach dir keine Sorgen«, beeilte Julia sich zu erklären. »Aber sie benimmt sich anscheinend sehr merkwürdig. Ganz anders als vor ihrem Verschwinden. Katja sagt, sie sei neuerdings sogar bissig. Seltsam, nicht? Hört sich an, als sei sie plötzlich ein ganz anderes Pferd geworden.« Sie verstummte und schaute Mailin an, aber das Elfenmädchen vermied es, ihren Blick zu erwidern.
»Die von der Heydes scheinen sich jedenfalls große Sorgen um die Stute zu machen«, fuhr Julia fort, die Mailins seltsames Verhalten nicht einzuschätzen wusste. »Heute Morgen war Anita sogar schon auf dem Reiterhof. Katja sagte, sie hätte einen Pferdeflüsterer beauftragt, sich um White Lady zu kümmern.«
»Einen Pferdeflüsterer?« Das Wort schien Mailins Interesse zu wecken. »Was ist das?«
»Ein Psychologe für Pferde«, gab Julia Auskunft, spürte aber sogleich, dass Mailin auch mit dem Wort nichts anfangen konnte, und fügte schnell hinzu: »Na, so einer, der sich mit dem Wesen und dem Verhalten von Pferden

auskennt. Einer, der ihnen quasi in die Seele schauen kann und spürt, was sie umtreibt.«
»Er kann in ihre Seele schauen?« Obwohl Mailin eine sehr helle Hautfarbe hatte, glaubte Julia zu sehen, dass sie erbleichte. »Ein Magier?«
»Quatsch.« Julia lachte. »Ich hab dir doch schon ein paarmal gesagt, dass es bei uns keine Magier gibt. Er ist ein Seelenheiler. Mehr nicht.« Ihre lockeren Worte schienen Mailin jedoch nicht im Geringsten zu beruhigen. Das Elfenmädchen kaute gedankenverloren auf der Unterlippe und wirkte sehr aufgewühlt.
Plötzlich hatte Julia das unbestimmte Gefühl, dass Mailin ihr etwas verschwieg. Etwas Wichtiges. Etwas, was mit White Lady zu tun hatte.
»Sag mal, stimmt was nicht?«, fragte sie besorgt. »Ist doch etwas mit White Lady geschehen, als sie bei euch da drüben war? Etwas, was du mir noch nicht erzählt hast?«
»Nein, ihr ist nichts geschehen«, beteuerte Mailin noch einmal. »Es geht ihr gut – jedenfalls glaube ich das.«
»Was heißt das – du glaubst es?« Julia hatte plötzlich ein ganz merkwürdiges Gefühl in der Magengegend. So eines, das man immer dann bekommt, wenn man spürt, dass man gleich etwas erfährt, was nichts Gutes verheißt. »Nun rück schon raus mit der Sprache«, forderte sie Mailin ungeduldig auf. »Was ist los mit dir? Ich sehe dir doch an der Nasenspitze an, dass du mehr weißt, als du mir bisher erzählt hast. Was ist nach White Ladys Verschwinden wirklich passiert? Warum benimmt sich die Stute plötzlich so anders?«
»Das ist eine lange Geschichte«, murmelte Mailin. Sie verstummte und schien unschlüssig, ob sie Julia die Ge-

schichte erzählen sollte. Aber dann gab sie sich einen Ruck und deutete auf den nahen Waldrand, wo das Sonnenlicht zwischen den Baumstämmen hindurchschimmerte. »Lass uns dahinten in die Sonne reiten«, sagte sie. »Ich glaube, dort gibt es schon saftiges Gras. Während die Pferde grasen, erzähle ich dir, was mit White Lady geschehen ist.« Sie schaute Julia schuldbewusst an. »Es war nicht richtig von mir, es dir zu verschweigen. Du bist so anständig und sorgst so gut für mich. Du hast ein Recht, die Wahrheit zu erfahren – die ganze Wahrheit.«

»Dann ist White Lady gar nicht White Lady?« Fassungslos starrte Julia ihre Freundin an. Mailin hatte ihr fast eine halbe Stunde lang erzählt, was wirklich hinter der Entführung des Elfenpferdes steckte, und ihr dabei auch erklärt, warum sich das Pferd, das äußerlich wie White Lady aussah, plötzlich so völlig anders benahm. Sie hatte Mailin nicht ein einziges Mal unterbrochen. Mit wachsendem Staunen hatte sie von der Intrige im Elfenreich erfahren, von Lavendra und Enid und dem Kampf um den einflussreichen Platz an der Seite des Elfenkönigs, den Lavendra für sich entschieden hatte. Während Mailin berichtete, fügten sich die vielen kleinen Mosaiksteinchen, die sie aufgeschnappt hatte, seit sie Mailin zum ersten Mal begegnet war, langsam zu einem Bild zusammen. Und endlich gelang es ihr auch, die tieferen Zusammenhänge der einzelnen Abenteuer zu begreifen, die sie mit Mailin erlebt hatte.
Was Mailin ihr da berichtete, war jedoch so unglaublich, dass sie einige Minuten brauchte, um es zu verarbeiten. Ihr brummte der Kopf.

»Das Pferd auf dem Reiterhof ist also Ninim!«, zog sie schließlich ein Fazit.
Mailin nickte. »Und White Lady ist wieder im Elfenreich.«
»Das ist doch Betrug!«, entfuhr es Julia.
»Ich weiß.« Mailin sah beschämt zu Boden. »Aber was hätte ich denn machen sollen? Sollte ich etwa die einzige Chance, Lavendra zu überführen, verstreichen lassen? Oder schlimmer noch: deine Freundin Moni als Entführerin dastehen lassen?« Sie machte eine hilflose Geste. »Ich weiß, dass es nicht richtig ist, die Pferde zu tauschen, aber ich musste mich so schnell entscheiden. Da schien mir der kleine Zauber für alle die beste Lösung zu sein.«
»Wahnsinn!« Julia stützte die Hände auf die Oberschenkel. »Das ist total verrückt. Ninim sieht jetzt also aus wie White Lady, aber ihr störrisches Wesen hat sie behalten.«
»Stimmt.« Mailin schüttelte den Kopf. »Das haben Enid und ich nicht bedacht.«
Julia ging nicht weiter darauf ein. »Das bedeutet aber auch«, spann sie den Gedankenfaden weiter, »dass sie gar nicht krank oder verhaltensgestört ist. Ihr kann also kein Tierarzt helfen und auch kein Pferdeflüsterer. Sie ist, wie sie ist, und daran wird sich nichts ändern.«
»Richtig.« Mailin nickte. »Unsere Pferdeheilerinnen haben sich schon sehr um Ninim bemüht, aber sie hatten keinen Erfolg.«
»Einmal Dickkopf, immer Dickkopf.« Julia blickte auf, sah ihre Freundin an und seufzte. »Blöde Situation. Jetzt bin ich wirklich mal gespannt, was die von der Heydes mit ihrem falschen Wunderpferd anstellen.«

Eine günstige Gelegenheit

Als Fion am Morgen erwachte, schien die Sonne schon durch die trüben Scheiben des Pferdestalls. Aus Sorge, der Heiltrank aus Balsariskraut könne unwirksam bleiben, hatte er die ganze Nacht an der Seite der Stute ausharren wollen, aber irgendwann war er wohl eingeschlafen.

Die Stute! Mit einem Satz war Fion auf den Beinen, klopfte sich das Stroh aus den Kleidern, warf einen sorgenvollen Blick in die Nachbarbox, in der die falsche Ninim stand, und atmete erleichtert auf. Die Stute fraß genüsslich von dem Heu, das er ihr am Abend gebracht hatte, und zeigte keine Anzeichen von Fieber.

Fion gähnte und streckte sich. Wie es schien, hatte sich sein nächtlicher Einsatz gelohnt.

Obwohl sein Magen knurrte, entschied er sich noch eine Weile bei Ninim zu bleiben und sie zu beobachten. Er wollte ganz sichergehen, dass ihr auch wirklich nichts fehlte, ehe er sich aufmachte, um etwas zu essen und seinen täglichen Pflichten nachzukommen. Um sich die Wartezeit zu verkürzen, nahm er die unbenutzten Halfter von den Haken und prüfte sie auf Beschädigungen.

Als er das fünfte Halfter gerade wieder an die Wand hängte, hörte er draußen vor dem Stall schnelle Schritte und die Stimme des Stallmeisters. Hastig huschte Fion

in den kleinen Geräteraum des Stalls, in dem das Putzzeug und die Satteldecken aufbewahrt wurden.
Keinen Augenblick zu früh. Denn schon wurde das große Tor geöffnet und der Stallmeister kam in Begleitung des Königs und der Mondpriesterin Lavendra die Stallgasse entlang. Die beiden Wachen, die die Stute am vergangenen Abend an den Hof zurückgebracht hatten, folgten den dreien in respektvollem Abstand.
Fion wagte kaum zu atmen, während er das Geschehen im Stall durch den Türspalt beobachtete.
Vor Ninims Box hielt der Elfenkönig an. »Ist es dieses hier?«, hörte Fion ihn fragen.
»Ja, mein König.« Der Stallmeister verneigte sich ehrfürchtig. »Diese Stute lief in den Schweigewald. Die Pferdehüterin Mailin folgte ihr. Seitdem fehlt von Mailin und ihrem Pferd Gohin jede Spur.«
»Und wie fand die Stute den Weg zurück?«, fragte Lavendra knapp.
»Nun, es scheint als sei sie zur Hütte der ehemaligen Priesterin Enid gelaufen«, beeilte sich der Stallmeister zu erklären. »Zumindest brachte die Verbannte das Pferd mit dieser Erklärung den Wachen zurück.« Er deutete auf die beide Wachposten. »Sie können sie selbst befragen.«
Lavendra machte eine ungeduldige Handbewegung. »Nicht nötig«, sagte sie. »Ich zweifle nicht an deinen Worten. Doch scheint mir etwas an der Sache merkwürdig ...« Sie verstummte, legte die Hand auf die Stirn der Stute und betrachtete sie auf eine Weise, als wolle sie ihr bis auf den Grund der Seele schauen.
Fion hielt erschrocken den Atem an. Jeder Elf wusste,

dass Lavendra außergewöhnliche magische Kräfte besaß. Zwar wusste niemand genau zu sagen, wozu sie in der Lage war, doch rankten sich am Hofe geradezu unglaubliche Geschichten um ihre Fähigkeiten.
Fions Herz hämmerte so laut, dass er schon fürchtete, die anderen könnten ihn entdecken.
Was, wenn Lavendra, wie der alte Elf in seinem Heimatdorf, dazu in der Lage war, in die Erinnerungen der Stute zu blicken? Dann konnte sie jeden Augenblick ... Fion wagte nicht, den Gedanken zu Ende zu führen.
Hilfe suchend sandte er ein Stoßgebet an die Heilige Mutter Mongruard und bat darum, dass Lavendra nichts von der Täuschung bemerkte.
»Seltsam, sehr seltsam.«
Fion öffnete die Augen und sah, dass Lavendra die Hand wieder von der Stirn der Stute genommen hatte.
»Was ist mit ihr?«, hörte er den Elfenkönig fragen.
»Ich kann es nicht sehen, doch bin ich mir fast sicher, dass hier Magie gewoben wurde. Etwas stimmt nicht mit dem Tier.«
»Magie?« Der Elfenkönig horchte auf. »Heilige Mutter Mongruard. Ihr wollt damit doch nicht etwa sagen, dass die Verbannte der Stute etwas angetan hat?«
»Beweisen kann ich es nicht«, erwiderte Lavendra gedehnt. »Es ist nur so ein Gefühl. Etwas, was ich ...«
»Verzeiht, dass ich Euch unterbreche«, wagte der Stallmeister mit hochrotem Kopf das Wort zu erheben. Lavendra strafte ihn für diese Unverfrorenheit mit einem vernichtenden Blick, doch der Stallmeister tat, als bemerke er es nicht, und fuhr, an den Elfenkönig gewandt, fort. »Um das Pferd können wir uns später kümmern.

Wichtiger wäre es, zu erfahren, wo sich die Pferdehüterin Mailin jetzt aufhält. Ich bin in großer Sorge. Jeder weiß, dass der Schweigewald viele Gefahren birgt. Vielleicht hat Enid sie sogar als Geisel gefangen genommen, um Eure Hoheit zu erpressen.«

»Dann hätte sie gewiss Forderungen gestellt, als sie die Stute zurückbrachte.« Der Elfenkönig schüttelte den Kopf. »Es muss etwas anderes hinter dem Verschwinden der Pferdehüterin stecken.« Er schaute Lavendra fragend an. »Was meint Ihr?«

»Das ist auch mein Gedanke.« Lavendra wirkte plötzlich unruhig und sehr nervös. »Ich fühle, dass ich es wissen müsste, doch aus irgendeinem Grund erschließen sich mir die Gedanken nicht.« Sie machte eine fahrige Bewegung mit den Händen. »Es ist wie bei dieser Stute. Ich spüre die Gedanken, doch sie bleiben sehr unklar und verschwommen.«

Für einen Moment herrschte im Stall betretenes Schweigen, dann ergriff der Elfenkönig das Wort: »Ihr werdet unverzüglich einen Suchtrupp in den Schweigewald schicken«, befahl er dem Stallmeister. »Sucht überall – besonders bei der Verbannten und in der Nähe ihrer Bleibe. Es ist nicht auszuschließen, dass das Verschwinden der Pferdehüterin mit ihr zu tun hat.«

»Ganz gewiss sogar!« Alle starrten Lavendra an.

»Wie bitte?« Der Elfenkönig zog erstaunt eine Augenbraue in die Höhe.

»Oh, verzeiht.« Lavendra schlug bestürzt die Hand auf den Mund. Es war offensichtlich, dass sie ihre Gedanken nicht laut hatte aussprechen wollen. »Das . . . das war nur so ein Gedanke, eine Intuition«, erklärte sie ausweichend. »Wenn es uns gelänge, die Gedanken der Stute zu ergründen, könnten diese uns wichtige Hinweise über den Verbleib der vermissten Pferdehüterin geben.«

... wenn es uns gelänge, die Gedanken der Stute zu ergründen ...

Fion horchte auf. Das war genau das, was er vorhatte. Sein Herzschlag beschleunigte sich. Er spürte, dass sich hier eine einmalige Gelegenheit bot, die Stute in sein Heimatdorf zu bringen. Ganz offiziell und mit königlicher Erlaubnis.

Am liebsten wäre er sofort hinausgerannt und hätte angeboten, das Tier zu dem Pferdeheiler zu bringen. Damit hätte er jedoch verraten, dass er gelauscht hatte, was weder der Stallmeister noch der König gutheißen würde. Die einzige Möglichkeit war, so zu tun, als ob er zufällig in den Stall kommen würde.

So lautlos, wie es nur Elfen vermögen, huschte Fion aus dem Geräteraum, verließ den Stall durch eine Seitentür und hetzte dann zum großen Tor.

Es fiel ihm nicht leicht, seinen Atem zu beruhigen, sodass niemand merkte, dass er gerannt war. Doch dieses Risiko musste er eingehen. Er hatte schon zu viel wertvolle Zeit verloren.

Fion setzte eine gleichgültige Miene auf und tat noch schnell einen tiefen Atemzug, dann betrat er den Stall.

»... wenn sie Mailin wirklich noch im Schweigewald gesehen hat, könnte uns die Erinnerung der Stute natürlich eine große Hilfe ...« Der Stallmeister verstummte, als er jemanden eintreten hörte, und wandte sich um. »Was gibt es?«, fragte er Fion erstaunt.

»Man sagte mir, dass ich Euch hier finden würde«, erwiderte Fion und bemühte sich um einen besorgten Tonfall, während er sich respektvoll vor dem Elfenkönig und der Mondpriesterin verneigte. »Mein König, edle Priesterin. Verzeiht, dass ich störe. Doch ich bin schon die ganze Nacht in großer Sorge um meine Freundin Mailin und wollte fragen, ob es Neuigkeiten über ihr Verschwinden gibt.«

»Die Ungewissheit um das Schicksal eines Freundes ist wahrlich bedrückend.« Der Elfenkönig lächelte mitfühlend. »Die Pferdehüterin ist leider noch nicht wieder am Hofe eingetroffen. Doch sei gewiss, dass wir nichts unversucht lassen, um ihr zu helfen. Sie hat sich in besonderem Maße um das Fohlen meines Sohnes verdient gemacht und wird jede erdenkliche Hilfe erhalten. Schon in wenigen Augenblicken wird ein Suchtrupp aufbrechen, um im Schweigewald nach ihr zu suchen.« Er seufzte und strich der falschen Ninim betrübt über das weiße Fell. »Leider kann uns die Stute nicht erzählen, was gestern im Schweigewald geschehen ist.«

»Ihr denkt, sie weiß, wo Mailin ist?«

Fion gelang es nur schwerlich, seine Aufregung zu unterdrücken. Am liebsten hätte er sofort angeboten, mit Ninim zu dem alten Pferdeheiler zu reiten. Doch er fürchtete, dass Lavendra misstrauisch werden könne, und tat weiter unwissend.

»Nun, immerhin ist Mailin ihretwegen in den Schweigewald geritten«, meinte der Stallmeister. »Wir können nicht ausschließen, dass sie die Stute auch gefunden hat.« Er seufzte. »Ja, manchmal wünschte ich wirklich, ich könnte Gedanken lesen.«

»Gedanken lesen?«, hakte Fion nach. Das Stichwort des Stallmeisters passte perfekt. »Die Gedanken von Pferden?«
»Die Gedanken dieser Stute«, der Stallmeister nickte. »Aber das ist unmöglich.«
»In meinem Heimatdorf gibt es einen alten Pferdeheiler, dem eine solche Fähigkeit nachgesagt wird.« Jetzt war es heraus. Fion hielt den Atem an. Er spürte, dass ihm die Worte etwas zu schnell entwischt waren. Doch außer Lavendra, die ihn mit einem argwöhnischen Blick musterte, schien das niemand zu bemerken.
»Tatsächlich?«, richtete der Elfenkönig das Wort an ihn. »Von einer solchen Gabe habe ich noch nie gehört.«
»So manchem Heiler eilt ein wundersamer Ruf voraus, der sich dann nur allzu oft in Nichts auflöst«, meinte der Stallmeister voller Zweifel. »Gibt es für diese unglaubliche Fähigkeit denn irgendwelche Beweise?«
»Ich selbst habe miterlebt, wie eine junge Elfe, deren Pferd nach einem Ausritt allein zurückkehrte, durch ihn wieder gefunden wurde.« Obwohl er sehr aufgeregt war, hielt Fion den misstrauischen Blicken der Umstehenden äußerlich gelassen stand. »Dem Heiler gelang es, in den Gedanken des Pferdes den Ort ausfindig zu machen, an dem die Elfe vom Pferd gestürzt war«, erklärte er mit fester Stimme. »So konnte man die Schwerverletzte noch rechtzeitig finden.«
»Heilige Mutter Mongruard, das ist genau die Art von Hilfe, die wir jetzt bräuchten«, entfuhr es dem Stallmeister. Seine Augen leuchteten und es war nicht zu übersehen, wie sehr er von der Geschichte angetan war.
Der Elfenkönig jedoch blieb besonnen. »Wie lange

würde dieser Heiler benötigen, um an den Hof zu kommen?«, fragte er.

»Selbst wenn er wollte, könnte er nicht kommen.« Fion schüttelte bedauernd den Kopf. »Er ist sehr alt und gebrechlich und hat das Dorf schon viele Sommer nicht mehr verlassen. Wenn Ihr etwas über Ninims Erinnerungen erfahren wollt, müsste die Stute zu ihm gebracht werden.«

»Das dauert zu lange«, warf der Stallmeister ein. »Die Suche muss unverzüglich beginnen.«

»Aber was ist, wenn sie erfolglos verläuft?«, fragte Fion.

»Das müssen wir in Kauf nehmen«, beharrte der Stallmeister. »Wenn Mailin in Not ist, dürfen wir nicht zögern, ihr zu Hilfe zu eilen. Schon jetzt ist viel zu viel Zeit verstrichen.«

»Aber wenn . . .«

»Ihr habt beide Recht.« Der Elfenkönig hob beschwichtigend die Hand. »Die Suche muss unverzüglich beginnen. Doch dürfen wir nichts unversucht lassen, falls sie scheitert. Ich schlage daher vor, dass der junge Pferdehüter noch heute mit Ninim in sein Heimatdorf aufbricht, um den Pferdeheiler zu befragen, während sich der Suchtrupp gleichzeitig auf den Weg zum Schweigewald macht, um nach der Vermissten zu suchen.«

»Danke, mein König!« Fion, der mit bangem Herzen auf eine solche Entscheidung gehofft hatte, stand die Erleichterung ins Gesicht geschrieben, als er sich demütig verneigte.

Das geht fast zu einfach, dachte er bei sich und unterdrückte ein Grinsen.

»Aber er reitet nicht allein!«, schallte in diesem Augenblick Lavendras schneidende Stimme durch den Stall. »Was, wenn auch ihm unterwegs etwas zustößt und die wichtigen Informationen verloren gehen?« Etwas in ihrem Blick ließ Fion frösteln.

Sie ahnt etwas, dachte er verzagt. Die Angst, dass sein Plan schon im Ansatz scheitern könnte, schnürte ihm die Kehle zu.

»Das ist ein weiser und durchaus berechtigter Einwand.« Der Elfenkönig nickte Lavendra zu. »Gibt es noch andere Pferdehüter, die den jungen Elf begleiten können?«, fragte er den Stallmeister.

Dieser schüttelte den Kopf. »Nein, jedenfalls nicht sofort«, erwiderte er. »Zurzeit sind alle auf den Weiden oder als Kuriere unterwegs.«

»Dann wird ihn eine meiner Priesterinnen begleiten«, entschied Lavendra in einem Ton, der keinen Widerspruch duldete. »Wäre es mir möglich, würde ich diesen begnadeten Heiler selbst aufsuchen, doch lässt meine angeschlagene Gesundheit einen solch anstrengenden Ritt noch nicht zu. Es gibt jedoch eine Priesterin im Tempel, die mit Pferden sehr vertraut ist. Sie wird den Pferdehüter begleiten.«

»So sei es!« Der Elfenkönig wirkte erleichtert, dass eine Lösung gefunden war. »In einer halben Stunde wird der Suchtrupp in den Schweigewald aufbrechen. Dann sollten auch die beiden bereit sein.«

Ein widerspenstiges Pferd

Als Julia und Spikey am frühen Nachmittag von ihrem Ausritt zurückkehrten, stand der Wagen des Pferdeflüsterers immer noch auf dem Hofplatz der Danauer Mühle.

Es war noch wärmer geworden. Die Pfützen auf dem Platz und rings um das Viereck herum waren deutlich zusammengeschrumpft und das Pflaster war an den sonnenbeschienenen Stellen schon getrocknet.

Als Julia mit Spikey am Viereck ankam, entdeckte sie Svea, die mit zwei jüngeren Mädchen gerade die Boxengassen des Ponystalls fegte.

»Hallo Julia!« Auch Svea hatte ihre Freundin gesehen. Sie lehnte den Besen an einen Rundballen und kam auf den Hof hinaus. »Soll ich Spikey halten, während du das Halfter holst?«

»Gern!« Julia schwang sich aus dem Sattel, nahm die Reiterkappe ab und setzte sie auf einen Zaunpfahl des Vierecks. Dann beugte sie sich zu Svea hinüber und fragte leise: »Hast du schon gehört, ob dieser Pferdeflüsterer bei White Lady etwas feststellen konnte?«

»Nee.« Svea schüttelte den Kopf. »Der ist schon vor zwei Stunden mit White Lady in die blaue Halle gegangen. Anita und ihre Mutter sind auch dabei. Ist alles ganz oberwichtig. Frau Deller hat die Voli-Gruppe extra in die grüne Halle verlegt und den Reitkurs, der dort eigentlich

stattfindet, auf einen Ausritt geschickt. Niemand darf in die blaue Halle rein und wir müssen alle ganz leise sein, wenn wir daran vorbeigehen. Sie sagt, der Therapeut bräuchte absolute Ruhe, um arbeiten zu können.«
»Scheint ja wirklich was Ernstes zu sein.« Julia drückte Svea die Zügel in die Hand und versuchte so zu tun, als wisse sie auch nicht mehr über die ganze Geschichte als ihre Freundin. »Ich hole jetzt das Halfter, vielleicht erfahren wir nachher ja noch was.«

Als sich die Tür der blauen Halle endlich öffnete, war Spikey schon fertig gestriegelt und die Hufe waren blitzblank poliert.
»Sie kommen!« Svea, die mit ihrem Stalldienst längst fertig war, hockte auf den Querbalken des Vierecks und unterhielt sich leise mit Julia, die wohl schon zum hundertsten Mal mit dem Mähnenkamm durch Spikeys Zottelmähne fuhr.
»Zum Glück! Länger hätte ich die Mähne auch nicht kämmen mögen.« Unauffällig stellte sich Julia so, dass sie das Tor der blauen Halle besser beobachten konnte. Zuerst kam Anitas Mutter heraus, dann Anita und dahinter ein Mann, der mit seinen langen schwarzen, zu einem Pferdeschwanz gebundenen Haaren und dem ledernen Westernhut auf dem Kopf fast wie ein Indianer aussah. Er führte White Lady am Zügel die Auffahrt hinauf, während Anitas Mutter in Frau Dellers Büro verschwand und Anita das Tor der blauen Halle schloss. Gleich drauf kamen Frau Deller und Anitas Mutter wieder aus dem Büro und unterhielten sich mit dem Pferdetherapeuten.

»Was die wohl zu besprechen haben?« Es war Svea deutlich anzusehen, dass sie die Worte zu gern mit angehört hätte.
»Ich schätze mal, der Therapeut will White Lady mitnehmen«, vermutete Julia.
»Hä? Wie kommst du denn darauf?« Svea sah ihre Freundin verwundert an.
»Weil Madam von der Heyde gerade in den Jeep steigt.«
»Ja und? Das hat doch gar nichts zu bedeuten.«
»Ich wette, sie fährt jetzt hinter die Halle und holt ihren Pferdeanhänger.« Julia sprach immer noch ganz ruhig.
»Sag mal, kannst du plötzlich hellsehen?« Fassungslos beobachtete Svea, wie sich der Jeep in Bewegung setzte und hinter der blauen Halle verschwand.
»Nee.« Julia lachte. »Aber warum sollten sie sonst Frau Deller holen? Wenn mit White Lady alles in Ordnung wäre, hätten sie sie doch sicher wieder zurück in den Stall gebracht – oder?«
»Stimmt.« Svea und Julia spähten zu den beiden Frauen und dem Pferdetherapeuten hinüber, der White Lady am Zügel hielt. Die Stute tänzelte nervös. Immer wieder versuchte sie, sich durch ruckartige Bewegungen loszureißen, hatte damit aber keinen Erfolg.
Als Anitas Mutter den Jeep mit dem Anhänger neben den dreien parkte, stieg die Stute wiehernd hoch und schnaubte wild.
Dem Therapeuten gelang es weder, White Lady zu beruhigen, noch sie in den Anhänger zu führen. Die Stute weigerte sich beharrlich die Rampe des Anhängers zu betreten und schlug jedes Mal mit den Hinterbeinen aus, wenn sie den Huf mit einem lauten Klacken auf das

Metall setzte. Immer wieder gelang es ihr, nach rechts oder links auszuweichen. Der Pferdetherapeut war mit dem bockenden Tier sichtlich überfordert und wurde immer wütender.
Ohne auf den Protest von Anitas Mutter zu achten, setzte er White Lady heftig mit der Gerte zu, was die Stute jedoch nicht im Geringsten zu beeindrucken schien.
»Autsch.« Svea sog die Luft scharf durch die Zähne, als die Gerte wohl schon zum zehnten Mal klatschend auf die Kruppe der Stute niedersauste. »Das ist kein Therapeut, das ist ein Tierquäler«, sagte sie voller Mitgefühl.
»Was ist denn in Anitas Wunderpferd gefahren?«, ertönte plötzlich eine Stimme neben Julia. Überrascht wandte sie sich um und schaute in das Gesicht von Carolin, die die seltsame Szene auf dem Hofplatz stirnrunzelnd verfolgte.
Julia wollte etwas sagen, aber Svea kam ihr zuvor. »Vielleicht hat es sich ja auf dem unerlaubten Ausflug in einen stattlichen Hengst verliebt und ist nun völlig durchgedreht«, meinte sie mit einem spöttischen Blick auf ihre Exfreundin, wie sie Carolin zu betiteln pflegte, seit diese mehr Zeit mit ihrem Freund als mit ihr verbrachte. »Männliche Gesellschaft kann einen ganz schön verändern. Das ist bei Pferden nicht anders als bei Menschen.«
»Mensch, Svea, musst du denn immer wieder davon anfangen?« Julia schüttelte verärgert den Kopf.
»Ist schon gut, Julia.« Carolin lächelte entschuldigend. »Madam beliebt es, ihre gekränkte Eitelkeit immer wieder aufs Neue breitzutreten.« Sie strafte Svea mit einem

verächtlichen Blick. »Du benimmst dich echt ätzend! Ich gehe lieber, bevor mir schlecht wird.«
Svea antwortete nicht. Sie beobachtete weiter das Theater vor dem Pferdeanhänger und tat, als hätte sie Carolins Worte nicht gehört.
»Mensch, Svea!« Julia berührte ihre Freundin an der Schulter. »Könnt ihr euch nicht endlich wieder vertragen?«
»Klar können wir!« Svea drehte sich um. Ihre Augen funkelten. »Wenn sie endlich ...«
»Wieso verlangst du immer, dass sie den ersten Schritt macht? Warum gehst du nicht auf sie zu?« Julia seufzte. »Das ist doch kein Zustand. Ihr wart doch mal die besten Freundinnen. Carolin leidet mindestens genauso wie du unter diesem blöden Streit.«
»Ich leide nicht«, brauste Svea auf. »Und sie ganz sicher auch nicht. Sie hat ja jetzt einen Freund!«
»Mit dir kann man wirklich nicht reden.« Julia warf den Mähnenkamm in den Putzkasten. »Ihr beide seid doch völlig ...«
In diesem Augenblick gellten laute Rufe über den Hof und lenkten Julias Aufmerksamkeit wieder auf White Lady. Anitas Mutter hatte nun das Halfter in der Hand. Sie stand im Anhänger und zog, während der Pferdetherapeut und Frau Deller das störrische Pferd von hinten in den Hänger zu schieben versuchten. Die Stute stemmte sich mit aller Kraft dagegen und schnappte zwischendurch immer wieder nach Anitas Mutter.
Irgendwie gelang es den dreien schließlich doch, das Tier in den Anhänger zu bringen. Kaum war das Hinterteil nicht mehr zu sehen, sprang Anitas Mutter aus

dem Hänger, während die anderen beiden eilig die Rampe hochhievten und den Anhänger verschlossen.
Doch selbst jetzt gab White Lady keine Ruhe. Immer wieder donnerten ihre Hufe gegen die Wände des engen Gefängnisses.
Frau von der Heyde gönnte sich einen kurzen Moment, um wieder Atem zu schöpfen. Dann gab sie dem Therapeuten ein Zeichen, verabschiedete sich kurz von Frau Deller und fuhr mit dem randalierenden Pferd im Anhänger langsam die Auffahrt hinauf. Der Therapeut wischte sich noch schnell den Schweiß von der Stirn, ehe er in seinen Wagen stieg und ebenfalls davonfuhr.
Frau Deller und Anita blieben allein zurück. Julia sah, wie die Reiterhofbesitzerin tröstend den Arm um die Schultern der Sechzehnjährigen legte und etwas zu ihr sagte. Anita nickte, wirkte aber immer noch sehr bedrückt.
Während sich die Menge der neugierigen Mädchen, die sich inzwischen rings um den Hofplatz versammelt und das Drama um White Lady mit angesehen hatten, allmählich zerstreute, ging Anita langsam auf die Sattelkammer zu, um ihre Sachen zu holen.
»Na, Anita? Ist dein Wunderpferdchen etwa verschnupft?« Svea konnte es nicht lassen, der selbst ernannten Reiterhofprinzessin noch eine Gemeinheit hinterherzurufen.
»Pass du lieber auf deine eigene Nase auf!«, erwiderte Anita verärgert und verschwand in der Sattelkammer.
»Mann, die ist aber sauer!« Svea schnitt eine Grimasse.
»Das wäre ich auch, wenn Spikey krank wäre und mich dann noch jemand piesackt.« Julia löste Spikeys Halfter

vom Viereck. Die Worte erinnerten sie an ihre eigenen Sorgen. Den ganzen Vormittag hatte sie nicht mehr daran gedacht, aber nun kam ihr plötzlich wieder das seltsame Telefonat in den Sinn, das ihre Mutter mit Frau Meinert geführt hatte. Wenn sie nicht alles täuschte, hatte Frau Deller erst vor kurzem mit Frau Meinert gesprochen – und dabei war es ganz sicher nicht um das schlechte Wetter gegangen. Vielleicht konnte ihr Frau Deller ja wirklich bei der Frage weiterhelfen, was da vor sich ging.

»Huhu! Erde an Julia!« Sveas Gesicht tauchte direkt vor ihrer Nase auf. »Sag mal, hörst du mich nicht?«, fragte sie und bewegte die Hand wie ein Sanitäter vor Julias Augen hin und her. »Ich hab schon zweimal was zu dir gesagt.«

»Echt?« Julia blickte ihre Freundin erstaunt an. »Ich hab gar nichts gehört.«

»Das hab ich gemerkt.« Svea grinste.

Sie wollte noch etwas sagen, aber in diesem Augenblick sah Julia, wie Frau Deller wieder in ihr Büro ging, und drückte Svea kurzerhand das Halfter in die Hand.

»Kannst du Spikey bitte in die Box bringen?«, fragte Julia, ohne den Blick von der Bürotür zu nehmen, die sich in diesem Augenblick hinter der Besitzerin des Reiterhofs schloss.

»Ich? Ja, klar. Aber wieso denn?« Svea starrte Julia verwirrt nach, die sich schon auf den Weg zum Büro gemacht hatte.

Julia wandte sich noch einmal um. »Erklär ich dir später«, rief sie ihrer Freundin zu und schenkte ihr ein Lächeln. »Danke.«

Zwei Minuten später stand Julia in der kleinen Kammer, die Frau Deller als Büro diente. Der Schreibtisch war wie immer mit Zetteln, Prospekten und handschriftlichen Listen überfüllt. Die Regale an den Wänden waren mindestens genauso voll und die Ablage neben dem Telefon drohte unter der Last des Papiers schon fast zusammenzubrechen. Dennoch schien es ein gut durchdachtes System in dem augenscheinlichen Chaos zu geben. Auf nahezu wundersame Weise gelang es Frau Deller bei jedem Anruf oder Anliegen, das die Reiterhofmädchen vortrugen, die richtigen Unterlagen mit einem einzigen Griff aus dem Durcheinander herauszuziehen. Julia staunte jedes Mal. So wie jetzt auch.
Obwohl Julia das Büro unmittelbar nach Frau Deller betreten hatte, telefonierte diese bereits wieder. Mit dem Schmied, wie Julia heraushörte. Abraxas, der Connemarahengst, hatte am Vormittag ein Eisen verloren und musste neu beschlagen werden.
Während Frau Deller – das Telefon zwischen Schulter und Kinn geklemmt – mit einer Hand Notizen in ihren Terminkalender machte und mit der anderen Hand in einer Liste blätterte, bedeutete sie Julia durch ein Kopfnicken, sich zu setzen.
»Bin gleich fertig«, sagte sie leise. »Wie? Oh nein, ich habe nicht Sie gemeint. Eines der Mädchen ist gerade ins Büro gekommen ... Ja, gut, das passt. Also morgen Mittag. Wunderbar. Dann kann Abraxas morgen Abend doch noch in der Reitstunde mitgehen. Danke! . . . Ja, Auf Wiederhören.« Sie legte den Hörer auf, beendete die Notizen und schaute Julia an. »Hallo Julia«, grüßte sie noch einmal freundlich. »Schön, dass du wieder ge-

sund bist. Dich hatte es diesmal aber wirklich schlimm erwischt.«

»Ja, stimmt. Aber ich fühle mich schon wieder besser.« Julia lächelte schüchtern. Sie wusste nicht so recht, wie sie ihr Anliegen vortragen sollte, und suchte fieberhaft nach den richtigen Worten, um nicht zu aufdringlich und neugierig zu wirken.

Frau Deller schien das zu spüren. »Und? Was hast du auf dem Herzen?«, fragte sie.

»Nun ich ... ich hätte da mal eine Frage an Sie – wegen Spikey.« Julia merkte, wie ihr das Blut in die Wangen schoss. Das war das Letzte, was sie gebrauchen konnte. Die ganze Sache war ihr sowieso schon unangenehm genug – und nun auch noch das. Wie peinlich!

»Wegen Spikey?« Frau Deller schien die geröteten Wangen nicht zu bemerken. »Was ist mit ihm?«

»Das ... das wollte ich Sie eigentlich fragen.« Jetzt war es heraus. Julias Wangen glühten und ihr Herz hämmerte wie wild, aber sie hatte das Gespräch begonnen und war entschlossen, es zu Ende zu führen. »Ich habe gehört, dass Frau Meinert hier gewesen ist, während ich krank war. Und ich würde gerne wissen, ob Sie Ihnen erzählt hat, dass sie Spikey verkaufen will.«

»Oh, so ist das.« Frau Deller nickte bedächtig. »Du sorgst dich um dein Pflegepony. Hab ich Recht?«

Julia nickte stumm.

»Nun, Frau Meinert war hier, das ist richtig. Aber hat sie nicht schon bei euch angerufen? Sie sagte mir, dass sie ...«

»Doch, das hat sie!«, erwiderte Julia ehrlich. »Aber sie hat mit meiner Mutter gesprochen und die hat mir ...«

»… nichts erzählt?« Ein mitfühlender Unterton schwang in Frau Dellers Stimme mit, dann fuhr sie bedauernd fort. »Wenn das so ist, kann ich dir leider nicht weiterhelfen. Die Angelegenheiten, die dein Pflegepony betreffen, musst du schon selbst mit Frau Meinert besprechen – oder sie mit dir. Ich mische mich da grundsätzlich nicht ein, nachher erzähle ich dir noch etwas Falsches.«

»Ich verstehe.« Julia stand die Enttäuschung ins Gesicht geschrieben. Scheinbar wussten hier alle etwas, nur sie nicht. Das war gemein. So gemein! Dabei ging es doch um ihr Pflegepony. Um ihren Spikey!

»Julia!« Frau Deller lächelte milde. »Vielleicht hilft es dir, wenn ich dir sage, dass es nichts gibt, worüber du dir in diesem Augenblick Gedanken machen müsstest.«

»Kaum.« Julia presste die Lippen zusammen. »Das hat mir meine Mutter auch schon gesagt.«

»Dann solltest du ihr das auch glauben. Verdirb dir das schöne Wetter nicht mit trüben Gedanken, für die es keinen Grund gibt.«

»Ist schon okay« Julia stand auf und wandte sich zum Gehen. Sie fühlte sich weder beruhigt noch erleichtert und der Gedanke, dass man ihr etwas verheimlichte, trug auch nicht gerade dazu bei, ihre Stimmung zu heben. »Trotzdem vielen Dank. Ich kann ja noch mal mit meiner Mutter reden.«

»Das ist sicher das Beste. Wenn du …« Weiter kam Frau Deller nicht, denn in diesem Augenblick klingelte wieder das Telefon. Noch während sie nach dem Hörer griff, schloss Julia die Bürotür hinter sich und machte sich auf den Weg zum Stall, um sich von Spikey zu verabschieden.

Unterwegs

Fions Befürchtungen, in Begleitung einer der betagten und – in den Augen eines jungen Pferdehüters – oft schon etwas schrulligen Priesterinnen zu seinem Heimatdorf reiten zu müssen, erwiesen sich als unbegründet.
Lavendra hatte eine ihrer jungen Novizinnen dazu auserkoren, ihn auf dieser wichtigen Mission zu begleiten. Eanna war etwas älter als Fion und stand kurz vor ihrer Priesterinnenweihe. Wie alle Elfen hatte sie das Reiten schon früh erlernt und passte sich ohne Probleme der schnellen Gangart an, die Fion mit Ninim anschlug.
Da sie die letzten beiden Sommer fast ausschließlich in der Abgeschiedenheit des Mondtempels verbracht hatte, schien es ihr sogar großen Spaß zu machen, im gestreckten Galopp über die ausgedehnten Wiesen zu preschen. Fion hörte, wie sie lachte und ihre Stute anfeuerte noch schneller zu laufen. Ein paar Mal hätte sie ihn fast überholt, doch das konnte er bei seiner Pferdehüterehre nicht zulassen, und so lieferten sich die beiden immer wieder kleine Wettrennen.
Obwohl Fion am liebsten alleine geritten wäre, störte ihn Eannas Gesellschaft nicht. Ja, er hätte sogar die Begleitung der aufgeschlossenen Novizin genossen, wenn da nicht ihre unverhohlene Bewunderung für Lavendra gewesen wäre.
In den kurzen Pausen, die sie unterwegs einlegten, ließ

Eanna keine Gelegenheit aus, zu erzählen, wie sehr sie die Mondpriesterin verehre und was sie ihr alles zu verdanken habe.
Die Lobeshymnen auf Lavendra, die Fion und Mailin des schändlichen Betrugs zu überführen versuchten, ging Fion bald so auf die Nerven, dass er sich mit Eanna schließlich nur noch über Pferde unterhielt.
Pferde, so schien es, waren außer Lavendra und dem Leben im Mondtempel das Einzige, wofür Eanna sich begeistern konnte. Sie stammte aus einer Familie von Pferdezüchtern und Fion stellte erstaunt fest, dass sie sich mit Pferden hervorragend auskannte.
Glücklicherweise hatte Eanna die echte Ninim nie kennen gelernt, sonst wäre ihr die plötzliche Veränderung im Verhalten der Stute gewiss sofort aufgefallen. Von der störrischen und eigensinnigen Stute, die ständig ihren Dickkopf durchsetzen wollte, war nichts mehr zu spüren. Ninim – oder vielmehr das Pferd, das nun wie Ninim aussah – parierte, ohne zu zögern, und folgte selbst der kleinsten Anweisung.
Eannas offene Art, über alles zu reden, verriet Fion aber auch, dass Lavendra die Novizin nicht nur wegen ihrer hervorragenden Pferdekenntnisse mitgeschickt hatte. Eanna war der Mondpriesterin so bedingungslos ergeben, dass sie ihr jede Kleinigkeit, jedes unbedacht geäußerte Wort sofort weitergeben würde. Ein Umstand, der Fions Vorhaben nicht gerade erleichterte – er musste sehr vorsichtig sein.
So war er sehr wortkarg, als Eanna ihn am prasselnden Feuer des Nachtlagers auf Mailin ansprach und immer wieder versuchte von ihm etwas über die vermisste

Pferdehüterin zu erfahren. Ihre besorgten Fragen klangen durchaus ehrlich, doch Fion war auf der Hut. Es konnte gut möglich sein, dass Lavendra Eanna den Auftrag gegeben hatte, von ihm mehr über Mailin in Erfahrung zu bringen. Vielleicht hegte sie sogar schon einen Verdacht.
Nach einer kalten Mahlzeit und dem schleppenden Gespräch rollte sich Fion dann auch zeitig am Feuer zusammen und gab vor zu schlafen, während er in Wirklichkeit darüber nachdachte, wie er Eannas Neugier stillen und gleichzeitig unbemerkt an die nötigen Informationen kommen konnte. Viel Zeit, einen Plan auszuhecken, blieb ihm nicht. Wenn alles gut ging, würden sie sein Heimatdorf schon am Morgen des kommenden Tages erreichen.
Aber wie er es auch drehte und wendete, ihm wollte einfach keine Möglichkeit einfallen, wie er Ninim ohne Eanna zu dem Pferdeheiler bringen konnte. Und so schlief er schließlich mit der Erkenntnis ein, dass er wohl oder übel auf sein Glück vertrauen musste.

Die ersten beiden Wochen nach den Frühjahrsferien verliefen für Julia mehr als anstrengend. Immer wenn sie sich nach der Schule zum alten Bahnhof aufmachte, saß ihr die Furcht im Nacken, dass man Mailin entdeckt haben könnte.

Dazu kam die Sorge um Spikey. Was braute sich da nur für ein Unheil zusammen? Zweimal noch bekam sie zufällig mit, wie ihre Mutter mit Frau Meinert telefonierte, ohne anschließend mit ihr darüber zu sprechen. Julias Fragen nach dem Inhalt der Gespräche wich ihre Mutter stets geschickt aus und wurde nicht müde zu beteuern, dass alles in bester Ordnung sei und Julia sich keine Sorgen machen müsse.

Einmal schien sich sogar ein Gespräch ihrer Eltern um Spikey zu drehen, doch Julia verpatzte selbst die Gelegenheit, mehr zu erfahren, weil sie gerade in diesem Augenblick ins Wohnzimmer stürmte.

Es war wie verhext. Julia spürte ganz deutlich, dass eine Veränderung bevorstand, wusste aber nicht, welcher Art diese sein könnte.

Zum Glück lenkte sie die Sorge um Mailin immer wieder von ihren eigenen Problemen ab. Sie hatte ihrer Freundin versichert, für sie zu sorgen, und nahm ihr Versprechen sehr ernst.

Um nicht aufzufallen, vermied sie es, jeden Tag mit Spikey zum alten Bahnhof zu reiten. Wenn sie früh Unterrichtsschluss hatte, schwang sie sich deshalb gleich nach der Schule aufs Rad, um vor ihrer Mutter wieder zu Hause zu sein. Die Besuche bei Mailin waren dann meist sehr kurz und nur halb so schön wie die Zeit, die sie mit Spikey am Bahnhof verbringen konnte. Am schönsten aber waren die gemeinsamen Ausritte am Wochenende, wenn Julia mit Spikey schon morgens zum Bahnhof reiten konnte und der ganze Tag vor ihnen lag.

Zumindest aber fehlte es Mailin an nichts und Julia gelang es sogar, ihr Versprechen zu halten: Jeden Tag schaute sie bei den gekreuzten Buchenstämmen nach, ob sich das Tor zur Elfenwelt schon wieder geöffnet hatte, obwohl das zumindest mit dem Rad einen großen Umweg für sie bedeutete.

Das Wetter hatte sich inzwischen ganz auf Frühling eingestellt. Mit jedem Tag wurde es wärmer und die Regenschauer fielen, wenn überhaupt, nur in der Nacht. Mailin hatte ihre Erkältung schon bald überwunden und auch Gohin litt bei dem nun üppig sprießenden Grün des Waldes keine Not mehr.
Das schöne Wetter brachte den beiden aber nicht nur Vorteile. Vor allem an sonnigen Wochenenden waren nun immer mehr Wanderer und Fahrradfahrer auf den ausgedehnten Wegen des Danauer Forstes unterwegs. Oft entging Mailin ihren Blicken nur um Haaresbreite, weil sie nach Elfenart mit einem Busch oder Baum verschmelzen konnte.
Gohin war dazu nicht in der Lage, was schließlich zu einem echten Problem wurde.

»Sag mal, Julia, du reitest doch in letzter Zeit häufiger durch den Danauer Forst?«, fragte Frau Deller an einem sonnigen Sonntagmorgen, als Julia Spikey gerade wieder für einen längeren Ausritt sattelte.
»Ja schon. Aber meistens nur am Wochenende. Warum fragen Sie?« Julia schaute überrascht auf. Dass Frau Deller sie so direkt auf ihre Ausritte ansprach, ließ bei ihr alle Alarmglocken klingeln und brachte ihren Puls zum Rasen. Ahnte Frau Deller etwas?

»Eben bin ich zum dritten Mal in vierzehn Tagen von Leuten angerufen worden, die im Danauer Forst ein frei herumlaufendes Pferd gesehen haben wollen«, erklärte Frau Deller, die nichts von Julias plötzlicher Aufregung zu spüren schien. »Die denken natürlich immer gleich, es sei von hier, und fragen nach, ob mir ein Pferd ausgebüxt ist. Aber hier fehlt keines. Erst habe ich noch gedacht, die Leute täuschen sich, aber mittlerweile drei Anrufe . . . Hast du auf einem deiner Ausritte auch schon mal ein herrenloses Pferd gesehen?«

»Nein, hab ich nicht.« Julia spürte, dass die Antwort ein wenig zu schnell kam, um unauffällig zu wirken, deshalb schob sie gleich eine Frage nach: »Wie soll das Pferd denn aussehen?«

»Die Beschreibungen sind immer die gleichen. Das ist es, was mich stutzig macht. Es soll ein großes weißes Pferd mit prächtiger Mähne sein. Zwei Anrufer gaben an, es trüge einen Sattel oder etwas Ähnliches. Einer will es ohne Sattel gesehen haben.« Frau Deller legte nachdenklich die Hand ans Kinn. »Seltsam, nicht?«

»Also ich hab noch kein Pferd im Forst gesehen«, beteuerte Julia noch einmal. »Aber ich werde die Augen offen halten. Spikey und ich wollten sowieso gleich losreiten.«

»Ja, tu das.« Frau Deller lächelte. »Ich frag auch noch die anderen Reiterinnen. Wenn sich im Forst tatsächlich ein Ausreißer herumtreibt, müssen wir uns natürlich darum kümmern. Auch wenn das Pferd nicht von der Danauer Mühle ist.«

»Vielleicht ist es ja White Lady«, mischte sich Moni in die Unterredung ein. Das sommersprossige Mädchen hatte ihr Pony gerade neben Spikey ins Viereck geführt und die letzten Sätze von Frau Deller aufgeschnappt.

»White Lady? Wie kommst du denn darauf?« Julia schaute Moni erstaunt an.

»Nun, vielleicht hat sie ja gehört, dass die von der Heydes sie einschläfern lassen wollen, wenn sie sich tatsächlich als nicht therapierbar erweist.« Moni seufzte betrübt. Sie machte sich immer noch heftige Vorwürfe, weil sie bei dem unheilvollen Ausritt nicht besser auf die Stute Acht gegeben hatten.

»Waaaas?« Julia ließ vor Schreck die Gerte fallen. »Woher weißt du das?«

»Aus erster Hand!« Es war nicht zu übersehen, wie wichtig sich Moni mit dieser Nachricht fühlte. »Anitas Mutter hat es meiner Mutter gestern beim Haareschneiden erzählt. Ich glaube fast, sie gibt mir immer noch die Schuld, dass White Lady plötzlich so abgedreht ist – auch wenn das völliger Quatsch ist. Aber ...«

»Stimmt das?« Mit einem flehenden Sagen-Sie-dass-das-nicht-wahr-ist-Blick wandte sich Julia an Frau Deller. »Das ... das hat Anitas Mutter doch sicher nicht ernst gemeint.«

»Ich fürchte doch.« In der Stimme der Reiterhofbesitzerin schwang ein tiefes Bedauern mit. »Ich habe es selbst erst gestern erfahren und gehofft, dass es sich hier nicht so schnell herumspricht.« Sie bedachte Moni mit einem ärgerlichen Seitenblick und seufzte. »Aber wie sooft sind die Gerüchte schneller, als man denkt. Nach meinem Wissen ist der Pferdetherapeut, dem Anitas Eltern White Lady anvertraut haben, völlig ratlos. Seit zwei Wochen versucht er alles, um die Stute zu kurieren. Ihr könnt euch sicher vorstellen, welch enorme Summen so eine Therapie verschlingt – und wenn sie dann auch noch erfolglos bleibt ...«

»Aber deshalb muss man White Lady doch nicht gleich einschläfern!«, ereiferte sich Julia. »Man könnte sie doch auch ...«

»... verkaufen?« Frau Deller schüttelte den Kopf. »Wer kauft schon ein bockendes und beißendes Pferd? Glaub mir, auch ich habe White Lady sehr ins Herz geschlossen. Sie war ein großes Ausnahmetalent. Gelehriger und klüger als jedes Dressurpferd, das je auf der Danauer Mühle gestanden hat. Aber wisst ihr, was ich denke? Sie ist zu alt. Wer weiß, vielleicht hat sie ja einen Schlaganfall bekommen, der ihr Wesen so grundlegend verändert hat. So etwas gibt es ja auch bei Menschen und die Folgen sind nicht heilbar.«

»Aber Menschen schläfert man deshalb doch nicht ein!« Noch während sie das sagte, wusste Julia, dass sie Blödsinn redete, aber das war ihr in diesem Augenblick gleichgültig. In ihrem Kopf überschlugen sich die Gedanken. Sie musste Mailin unbedingt erzählen, dass White Lady in Gefahr war!

Plötzlich hatte Julia es sehr eilig. Am liebsten wäre sie sofort zu Mailin geritten, doch sie fürchtete, damit zu viel Aufsehen zu erregen, und zwang sich dazu, das Gespräch mit Moni und Frau Deller vernünftig zu beenden, ehe sie zu ihrem sonntäglichen Ausritt aufbrach. Dann aber gab es für sie kein Halten mehr. Sobald man sie vom Reiterhof aus nicht mehr sehen konnte, ließ sie Spikey angaloppieren und preschte wie der Wind durch den Danauer Forst. Sie hatte es so eilig, dass sie völlig vergaß bei den gekreuzten Buchen nach dem Tor zu sehen, doch auch das war ihr an diesem Morgen gleichgültig. Sie hatte nur einen Gedanken: White Lady durfte nicht sterben!

»Einschläfern?« Fassungslos starrte Mailin ihre Freundin an, als diese ihr später von den Neuigkeiten berichtete. »Du meinst, sie wollen Ninim töten?«
»So könnte man es auch sagen.« Julia nickte.
»Aber . . . aber warum denn?«, wollte Mailin wissen. »Sie ist doch nicht krank oder alt.«
»Sie ist aber nicht White Lady.« Obwohl sich Julia bemühte, gelang es ihr nicht ganz, den vorwurfsvollen Tonfall aus ihrer Stimme zu verdrängen. »Hast du wirklich gedacht, dass der Tausch der Pferde nicht zu Problemen führt? Auch wenn sie sich zum Verwechseln ähnlich sehen – ihr Wesen ist völlig unterschiedlich.«
»Aber das ist doch kein Grund, sie einzuschläfern«, murmelte Mailin entsetzt.
»Für dich nicht«, erwiderte Julia. »Aber für die von der Heydes schon. Sieh mal, White Lady war gutmütig und überaus gelehrig. Sie galt hier als das Wunderpferd und hätte es im Dressurreiten vermutlich bis zur Olympiade geschafft. Bei Ninim gelingt nicht einmal das Rückwärtsrichten, ohne dass sie zu bocken anfängt.« Julia seufzte. »Natürlich ahnt keiner, dass es gar nicht White Lady ist. Das wäre ja Magie und an die glaubt hier sowieso keiner. Aber weil auch der Pferdeflüsterer sie nicht therapieren kann, ist sie für Anita nicht mehr zu gebrauchen. Verkaufen lassen sich solche wilden und bissigen Pferde auch nicht – also bleibt nur noch eines: einschläfern.«

»Heilige Mutter Mongruard!« Obwohl Mailins Gesicht kaum Farbe hatte, war nicht zu übersehen, dass sie noch blasser geworden war. »Können wir ihr denn gar nicht helfen?«

Julia seufzte. »Das wird nicht leicht«, sagte sie. »Dazu müssten wir nämlich erst einmal herausfinden, wo sie jetzt ist.«

Verborgene Erinnerungen

Niemals hätte es Fion für möglich gehalten, dass ihn der Anblick seiner Heimat derart überwältigen würde.

Nun stand er, zu Tränen gerührt, auf der letzten Anhöhe vor dem Tal, das er viele Monate zuvor verlassen hatte. In tiefen Zügen atmete er die vertrauten Düfte ein, die ihn bis zu seiner Ernennung zum Pferdehüter wie selbstverständlich begleitet hatten, und blickte voller Ehrfurcht auf die fünfundzwanzig Wohnhäuser aus hellem Gestein, die sich wenig entfernt an eine steil aufragende Felswand schmiegten. Die schlanken Gebäude waren durch Bogengänge und steinerne Brücken mit kunstvollen Balustraden miteinander verbunden, auf denen sich in den unzähligen Sommern Farne, moosartige Gewächse und kräftige Rankpflanzen festgesetzt hatten.

Die Elfen störte das üppig wuchernde Grün nicht. Im Gegenteil. Sie hießen es als Teil der Natur willkommen und geboten ihm nur dort Einhalt, wo Wurzeln und Astwerk das tägliche Leben zu behindern drohten. So fügten sich das von Elfenhand Geschaffene und die Pflanzen nach und nach zu einem harmonischen Ganzen.

Niemals zuvor war Fion dies so bewusst geworden wie in diesem Augenblick, da er von der Anhöhe aus beobachtete, wie die ersten Strahlen der aufgehenden Sonne die Häuser streiften und ganze Schwärme schillernder Vögel von ihren nächtlichen Ruheplätzen in den mächtigen Efeuranken aufstiegen.

»Das ist wunderschön!« Eanna, die ihr Pferd neben Fion gezügelt hatte, blickte voller Bewunderung auf die kleine Elfensiedlung. Obwohl es im Mondtempel mit seinen gepflegten und kunstvoll angelegten Gärten keinen Raum für wild wachsende Pflanzen gab, berührte auch sie die urwüchsige Schönheit. »Ich wusste, dass es Orte gibt, an denen die Elfen so naturverbunden leben«, sagte sie leise. »Aber ich hatte keine Vorstellung davon, wie es aussehen könnte.«

»Du meinst eine Siedlung ohne schnurgerade Wege zwischen fein säuberlich angelegten Blumenbeeten und ohne gepflegte Kräutergärten, in denen keine andere Pflanze geduldet wird?« Fion lächelte. »Wenn du mich fragst, ich finde, die Natur ist immer noch der beste Gärtner.«

»Nun, zumindest ist ihr hier ein Meisterwerk gelungen«, pflichtete Eanna ihm bei. »Sieh nur den Wasserfall!« Sie deutete weit ins Tal hinein, wo sich Wasser schäumend von den Bergen ins Tal ergoss und seinen Weg als tosender Wildbach fortsetzte. »Ich hab noch niemals einen echten Wasserfall dieser Größe gesehen.«

»An seinem Fuße gibt es einen stillen, klaren See«, erklärte Fion. »Dort habe ich mit meinen beiden Schwestern früher oft gebadet.« Noch während er das sagte, spürte Fion, dass er Heimweh bekam. Plötzlich hatte er es sehr eilig, nach Hause zu kommen. Er sehnte sich danach, seine Eltern und Geschwister endlich wieder in die Arme zu schließen. »Komm mit«, forderte er Eanna auf und ließ Ninim antraben. »Gleich lernst du sie kennen.«

Die Begrüßung in Fions Elternhaus war mehr als herzlich. Überrascht und glücklich, ihren Sohn so unerwartet wieder zu sehen, tischte Fions Mutter ein üppiges Frühstück auf. Während der Mahlzeit ließen Fions jüngere Schwestern ihre Eltern kaum zu Wort kommen und löcherten sowohl Fion als auch Eanna mit unzähligen Fragen über den Mondtempel und das Leben am Hof des Königs. Sie alle zu beantworten war schier unmöglich und schließlich schickte Fions Mutter die beiden Mädchen mit der Begründung fort, dass Fion auch mal Luft holen müsse.

»Nun, was führt dich und deine Begleitung eigentlich hierher?«, fragte sie lächelnd, als die Mädchen den Raum verlassen hatten und endlich Ruhe einkehrte. »Ich spüre doch, dass du in Eile bist.«

»Das bin ich.« Fion nickte und erzählte seinen Eltern in knappen Worten von dem Auftrag, der ihm erteilt worden war. Den wahren Grund seiner Reise verschwieg er jedoch. »Ich mache mir wirklich große Sorgen um Mailin und hoffe, dass der Heiler uns wertvolle Hinweise geben kann«, schloss er schließlich seinen Bericht und machte ein bekümmertes Gesicht. »Es tut mir sehr Leid, dass ich nicht länger bei euch verweilen kann, aber die Angelegenheit duldet keinen Aufschub.«

»Das verstehen wir gut.« Fions Vater legte seinem Sohn mitfühlend die Hand auf die Schulter. »Kommt mit, ich werde euch zum Heiler führen und für euch sprechen.« Er lächelte entschuldigend. »Wer so viele hundert Som-

mer gesehen hat, mag bisweilen etwas sonderbar erscheinen. Aber keine Sorge, ich bin sicher, er wird euch helfen.«
Gemeinsam verabschiedeten sie sich von Fions Mutter und dessen Schwestern, die todunglücklich waren, dass ihr Bruder und die Priesterin so schnell wieder aufbrechen mussten. Erst als Fion ihnen versprach schon bald für längere Zeit nach Hause zu kommen ließen die Mädchen ihren Bruder gehen. Die drei machten sich sogleich auf den Weg ins obere Tal, um den abgeschieden lebenden Heiler mit den außergewöhnlichen Fähigkeiten zu besuchen.

Julias Sorge um White Lady rückte sogar das Rätsel um die geheimnisvollen Telefonate ihrer Mutter und die ungeklärte Frage, was Frau Meinert mit ihr so Wichtiges zu besprechen hatte, für eine Weile in den Hintergrund.
In den folgenden Tagen versuchte Julia möglichst unauffällig herauszufinden, wohin der Therapeut Anitas Stute gebracht haben könnte.
Sie ärgerte sich maßlos darüber, dass sie die Aufschrift auf dem Wagen des Pferdeflüsterers nicht genauer gelesen hatte. Nicht einmal an den Namen des Mannes konnte sie sich erinnern. Wie sich schon bald herausstellte, stand sie mit dieser Unwissenheit nicht allein da. Weder Svea noch Carolin konnten sich erinnern und

auch die anderen Reiterhofmädchen, die White Ladys Abtransport beobachtet hatten, zuckten nur bedauernd mit den Schultern, als Julia sie danach fragte.
Tag um Tag verstrich, ohne dass Julia auch nur einen Schritt weiterkam. In ihrer Verzweiflung hätte Julia sogar Anita gefragt, doch die hatte sich seit dem Vorfall nicht mehr auf der Danauer Mühle sehen lassen. Selbst Moni, die durch ihre Mutter immer für Neuigkeiten über die von der Heydes gut war, wusste nichts Neues zu berichten.
»Meine Mutter schneidet Frau von der Heyde nur alle vierzehn Tage die Haare«, erklärte sie, als Julia sie direkt auf White Ladys Befinden ansprach, versicherte aber, ihre Mutter zu bitten, sich beim nächsten Mal nach Anitas Pferd zu erkundigen.

Mailin wurde immer ungeduldiger. Jedes Mal wenn Julia sie besuchte, fragte sie zuerst nach White Lady – nur um dann enttäuscht zu hören, dass Julia noch immer nichts Neues zu berichten hatte.
Die quälende Ungewissheit war für das Elfenmädchen nur schwer zu ertragen. Nichts zu hören bedeutete schließlich nicht, dass es der Stute gut ging. Ebenso gut konnte sie längst eingeschläfert worden sein – eine Möglichkeit, an die Julia und Mailin nicht einmal zu denken wagten.

An einem späten Freitagnachmittag, kaum zehn Tage nachdem Moni Julia davon erzählt hatte, dass White Lady möglicherweise eingeschläfert werden solle, klingelte bei Julia das Telefon.

»Julia Wiegand ... Hallo Moni! ... Neuigkeiten? Ja, schieß los!« Atemlos lauschte Julia dem, was Moni ihr am anderen Ende der Leitung erzählte. »Echt? Mann, da bin ich aber froh ... Wohin? ... Zurück? Na, super ... Was? Heißt das, sie wollen ihr noch eine letzte Chance geben? Du meinst doch nicht etwa, dass sie ... Wirklich? Echt? Oh nein. Wie lange Zeit geben sie ihr denn noch? ... Nur zwei oder drei Wochen? Du meine Güte, das ist ja furchtbar ... Ja, das finde ich auch. Danke, dass du mich angerufen hast. Bye.«

Schwungvoll stellte Julia das Mobilteil zurück in die Station, schnappte sich ihre Jacke und griff nach ihrem Fahrradhelm.

»Nanu? Willst du noch mal weg?«, erkundigte sich ihre Mutter verwundert, die gerade in der Küche den Wochenendeinkauf sortierte.

»Ja, ich will noch ein Stück Rad fahren«, erwiderte Julia leichthin.

»Hat es etwas mit Monis Anruf zu tun?«, wollte ihre Mutter wissen. »Das klang irgendwie gar nicht gut.«

»Man belauscht keine Telefongespräche«, belehrte Julia ihre Mutter, ohne auf deren Frage einzugehen.

»Hatte ich gar nicht nötig.« Anette Wiegand grinste. »Du hast so laut gesprochen, dass ich gar nicht weghören konnte – nicht mal, wenn ich es gewollt hätte.« Sie stellte die Milch in den Kühlschrank und trat in den Flur. »Also, wo willst du hin?«

»Nirgendwo«, beharrte Julia. »Ich fahr nur noch mal ein bisschen mit dem Rad rum. Das ist alles. Das Wetter ist doch viel zu schön, um drinnen zu hocken.«

»Du weißt, dass ich es nicht gern sehe, wenn du allein

durch den Danauer Forst radelst.« In der Stimme ihrer Mutter schwang aufrichtige Sorge mit. »Könntest du nicht wenigstens mit Svea . . .?«
»Nein, kann ich nicht.« Julia schloss den Gurt ihres Fahrradhelms. »Die fährt mir viel zu langsam. Dann schaffe ich mein Pensum nicht.«
»Oh, so ist das.« Ihre Mutter lächelte vielsagend. »Ist Madam neuerdings etwa auf dem Fitnesstrip?«
»Na ja.« Dass ihre Mutter ihr diese Brücke baute, kam Julia sehr gelegen. Mit zwei Fingern zauberte sie tatsächlich eine kleine Speckfalte am Bauch hervor. »Zwei Kilo könnten schon runter. Findest du nicht?« Sie zwinkerte ihrer Mutter schmunzelnd zu. »Außerdem: Sport ist gesund – sagt Vati auch immer.«
»Trotzdem wäre es mit lieber, du würdest nicht allein fahren.«
»Ich bin nicht allein.« Julia schlüpfte in ihre Sneaker und griff nach der Türklinke. »Du glaubst ja gar nicht, was bei so schönem Wetter im Danauer Forst los ist. Mach dir keine Sorgen. Ich dreh eine schnelle Runde. In spätestens zwei Stunden bin ich wieder da. Ich nehme auch mein Handy mit.« Ohne die Antwort ihrer Mutter abzuwarten, ging sie nach draußen und schwang sich aufs Rad. Ein letztes Winken, dann sauste sie auch schon die Auffahrt hinab und verschwand in Richtung Danauer Forst.

Eine knappe halbe Stunde später erreichte Julia verschwitzt und völlig außer Atem den alten Bahnhof. Von Mailin und Gohin war weit und breit nichts zu sehen. Dafür nutzte eine Gruppe von fünf Rentnerinnen die

Bank nahe des alten Bahnsteigs für ein Päuschen. Ihre Damenräder, allesamt antiquierte Modelle, lehnten an der Wand des Bahnhofs. Julia stieg ab, schob ihr Rad auf das Bahnhofsgelände und schlenderte auf die Eingangstür zu.

»Hallo Mädchen, da würde ich an deiner Stelle lieber nicht reingehen«, rief ihr eine der Frauen zu, als sie sich der morschen Tür näherte. »Sieht ganz so aus, als hätten da drinnen Reiter campiert.«

»Wirklich?« Julia tat entsetzt.

»Ja! Da liegt lauter Müll und Pferdedreck rum«, ereiferte sich die Frau. Ich werde den Förster informieren, damit er sich darum kümmert.«

Julia ging nicht darauf ein. Sie wünschte den Frauen noch eine gute Fahrt. Dann schwang sie sich wieder aufs Rad und fuhr langsam los, während sie krampfhaft überlegte, welche Folgen der Plan der alten Dame für Mailin haben konnte.

Als der Bahnhof außer Sichtweite war, hielt sie an und pirschte so weit durch das Gebüsch zurück, bis sie die Rentnerinnen aus sicherer Entfernung beobachten konnte. Solange die sich dort aufhielten, würde Mailin gewiss nicht zurückkommen – so viel war sicher.

Julia seufzte und ließ sich ins Gras plumpsen. Mit der schnellen Bahnhof-und-zurück-Runde würde es wohl nichts werden. Alles, was sie tun konnte, war warten.

Fünfzehn Minuten später hatten die Frauen ihre Rast beendet und fuhren weiter. Julia rappelte sich auf und schob ihr Rad langsam zum Bahnhof zurück. Dabei lauschte sie immer wieder auf Geräusche von weiteren

Wanderern oder Radfahrern, doch alles blieb ruhig. Außer den zwitschernden Vögeln war nichts zu hören.
Julia brauchte nicht lange zu warten. Kaum hatte sie den Bahnhof erreicht, tauchte auch Mailin wie aus dem Nichts unter den Bäumen auf. Sie führte Gohin am Zügel und war erfreut, Julia an diesem Tag noch einmal zu sehen.
»Hallo Julia! Schon wieder hier?«, fragte sie lachend und wurde dann abrupt ernst. »Hast du etwa Neuigkeiten von Ninim?«
»Das auch.« Julia nickte. »Aber das erzähle ich dir später. Zuerst müssen wir hier aufräumen. Es gibt nämlich noch ein Problem ...« Mit wenigen Worten erzählte sie Mailin von den Plänen der alten Dame. »Bei Frau Deller haben auch schon Leute angerufen, die Gohin hier gesehen haben wollen. Die dachten, er sei von der Danauer Mühle ausgerissen. Frau Deller nimmt das Ganze nicht wirklich ernst, aber wenn die Damen dem Förster Bescheid sagen, wird es brenzlig. Besser du verschwindest sofort von hier.«
»Aber wo soll ich denn hin?« Mailin machte eine hilflose Geste.
»Das lass mal meine Sorge sein.« Julia grinste. »Ich hab schon eine Idee.«

Ein Aufbruch und ein Wiedersehen

Mailins wenige Habseligkeiten waren schnell zusammengesucht. Während das Elfenmädchen mit einem Bündel dünner Zweige den Pferdedreck aus dem ehemaligen Warteraum kehrte, sammelte Julia den Verpackungsmüll, den Schlafsack und die Isomatte ein.

»Puh!« Julia zog die Nase kraus, als sie den Mumienschlafsack in eine Plastiktüte stopfte.

Der Schlafsack hatte schon ziemlich gelitten. Der dunkelrote Stoff wies etliche Flecken auf und war an einigen Stellen eingerissen.

Den kann ich wohl wegschmeißen, dachte Julia und überlegte, wo sie wohl einen neuen für Mailin auftreiben konnte, wenn dieser hier nicht mehr zu gebrauchen war. Immerhin war es gut möglich, dass sie Mailin noch weit bis in den Sommer hinein verstecken musste.

Geübt rollte sie die Isomatte zusammen und zog die Klettbänder fest, dann klemmte sie sich beides unter den Arm und ging zu Mailin, die Gohins Unterkunft schon weitgehend gesäubert hatte.

»Alle Spuren lassen sich leider nicht verwischen«, sagte das Elfenmädchen, als Julia in den großen Warteraum trat und hörbar schnupperte. »Hier drinnen riecht es bestimmt noch wochenlang nach Pferd.«

»Halb so wild. Hauptsache, es gibt hier keine Hinweise mehr auf dich.« Julia lachte. »Die können ruhig glauben, dass hier Reiter campiert haben!« Sie deutete auf die Plastiktüte mit den beiden leeren Tetrapacks und der zerknüllten Keksschachtel. »Das entsorge ich gleich in der Mülltonne beim Waldgrillplatz«, sagte sie. »Da fällt es nicht auf.« Sie machte ein paar Schritte auf die Tür zu, hielt dann aber abrupt inne. »Der Grillplatz!«, sagte sie mehr zu sich selbst. »Das ist die Idee.« Schwungvoll legte sie alles, was sie im Arm hielt, auf dem Boden ab und kramte ihr Handy hervor.

»Was tust du da?«, fragte Mailin.

»Ich rufe meine Mutter an.« Flink gab Julia eine Nummer ein, hielt das Handy ans Ohr und wartete.

»Hallo Mum. Ich bin's ... Nee, keine Sorge. Es ist alles in Ordnung ... Wie? ... Ja, ich bin noch im Danauer Forst! Deshalb rufe ich dich ja an. Ich habe hier am Grillplatz ein paar Mädchen vom Reiterhof getroffen und wollte dir nur Bescheid sagen, dass es doch etwas später wird ... Ja, klar bin ich zurück, ehe es dunkel wird ... Mach ich ... Jaaaa ... Na klar ... Jaha! He, ich bin im Danauer Forst und nicht in den Rocky Mountains. Also dann Tschüss, bis nachher.«

»Mütter!« Julia schüttelte den Kopf, schaltete das Handy aus und steckte es wieder ein.

»Hast du eben wirklich mit deiner Mutter gesprochen?« Mailin staunte. »Mit dem kleinen Ding da? Einfach so?«

»Nun ja, einfach so geht das natürlich nicht.« Julia schmunzelte. »Da steckt schon eine ganze Menge Technik dahinter, die sich schlaue Leute ausgedacht haben, die ich dir aber nicht erklären kann. Auf jeden Fall ist das Telefonieren damit ganz einfach. Vorausgesetzt natürlich, dass der, den ich sprechen will, auch ein Telefon oder Handy hat und ich seine Nummer kenne.«

»Diese Technik muss eine sehr mächtige Magie sein«, meinte Mailin bewundernd. »Und jeder hier darf sie benutzen?« Sie seufzte. »Ich wünschte, wir hätten auch so ein Hand-i, dann könnte ich auch mal mit meiner Mutter ...« Sie verstummte und blickte traurig zu Boden.

»Oje, habe ich dich jetzt etwa traurig gemacht? Das wollte ich nicht. Tut mir Leid. Ich konnte ja nicht ahnen, dass du Heimweh bekommst, nur weil ich mit meiner Mutter spreche.« Julia trat neben Mailin und legte ihr den Arm um die Schultern. »Mach dir keine Sorgen. Das Tor wird sich sicher bald wieder für dich öffnen«, sagte sie zuversichtlich. »Und dann kannst du wieder heim.«

»Nicht ohne Ninim!« Der schmerzliche Ausdruck in Mailins Gesicht vertiefte sich. »Wenn man sie tötet, ist das ganz allein meine Schuld. Damit könnte ich nicht weiterleben. Ich muss sie irgendwie finden und ...«

»Kein Problem!« Julia lächelte geheimnisvoll. »Ich weiß, wo Ninim ist. Und genau da bringe ich dich jetzt hin.« Sie hob die Sachen auf und machte ein paar Schritte auf die Tür zu. »Komm mit!«

Eine gute Stunde später hatten sie ihr Ziel fast erreicht. Obwohl Mailin Julia immer wieder nach Ninim fragte, verriet diese ihr nur, dass Ninim wohlauf sei. Mailin wurde immer ungeduldiger, zumal sie Gohin nur im Schritt gehen lassen konnte, weil Julia mit dem Fahrrad unterwegs war.

»Sag mal, wohin führst du mich eigentlich?«, fragte

Mailin, als Julia ganz unvermittelt vom Hauptweg auf einen schmalen Pfad einbog.
»Ahnst du es noch nicht?«, fragte Julia.
»Ahnen?« Mailins Stimme klang fast ein wenig verärgert. »Wieso sollte ich etwas ahnen? Ich war zwar schon ein paar Mal bei dir, aber deshalb kenne ich hier noch längst nicht jeden Flecken . . . Moment mal!« Mailin reckte sich im Sattel und spähte voraus. »Der weiße Lattenzaun da vorn kommt mir irgendwie bekannt vor.«
»Richtig!« Julia grinste. »Es ist zwar schon ein paar Jahre her, aber wir waren schon mal hier.«
»Jahre?« Mailin legte die Stirn in Falten. »Nein, so lange ist das noch nicht her.«
»Natürlich nicht.« Julia lachte. »Bei euch vergeht die Zeit ja auch viel langsamer.« Sie hielt an und stieg vom Rad. »Das ist das Anwesen der von der Heydes. Hier wohnt Anita. Ihre Mutter hat es noch nicht übers Herz gebracht, White Lady einschläfern zu lassen, obwohl ihr auch der Pferdeflüsterer nicht helfen konnte. Wie ich gehört habe, will sie White Lady in den kommenden Wochen hier auf dem Hof behalten, weil sie hofft, dass sich ihr Gemütszustand wieder bessert. Wir haben also noch etwas Zeit.«
Julia hatte mit der ihnen verbleibenden Zeit absichtlich ein wenig übertrieben, denn sie wollte Mailin nicht noch mehr belasten.
»Komm mit«, rief sie ihrer Freundin gut gelaunt zu. »Vielleicht sehen wir Ninim da vorn auf der Weide.«
Die beiden hatten Glück. Das Elfenpferd, das White Lady wirklich zum Verwechseln ähnlich sah, stand dösend im Schatten einer ausladenden Rotbuche, während die

beiden Haflinger, die man vermutlich als Weidebegleitung mit auf die Wiese gelassen hatte, ganz in der Nähe des weiß gestrichenen Lattenzauns grasten.
»Dahinten ist sie!« Überglücklich schwang sich Mailin von Gohins Rücken, lief zum Zaun und rief mit verhaltener Stimme: »Ninim! Ninim, komm her!«
Julia lehnte ihr Fahrrad an einen Baum, eilte zu ihrer Freundin und legte ihr die Hand warnend auf den Arm.
»Bist du verrückt geworden?«, zischte sie flüsternd. »Du kannst sie doch jetzt nicht rufen. Schon gar nicht bei ihrem richtigen Namen.« Mit einem Kopfnicken deutete sie nach links, wo kaum hundert Meter entfernt die roten Backsteinmauern und Ziegeldächer zweier Stallgebäude durch das zarte Grün der Büsche und Bäume schimmerten. »Wenn dich nun jemand hört?«
»Verzeih.« Mailin schaute ihre Freundin beschämt an. »Ich bin so froh, Ninim wiederzusehen. Daran habe ich nicht gedacht.«
»Ist schon okay.« Julia schaute zur Rotbuche hinüber. »Sieh nur, sie kommt!«
Mailin drehte sich um und ein Lächeln huschte über ihr Gesicht. Julia hatte den Eindruck, als könne sie sich nur schwer beherrschen, nicht sofort über den Zaun zu klettern und der weißen Stute entgegenzulaufen, um sie in die Arme zu schließen.
Ninim schien das Elfenmädchen sofort zu erkennen. Zutraulich kam sie dicht an den Zaun, streckte Mailin die Nüstern entgegen und schnaubte leise, als das Elfenmädchen die Arme um ihren Hals schlang und das Gesicht in der seidigen Mähne vergrub.
»Ninim!«, murmelte sie mit tränenerstickter Stimme.

»Oh, Ninim, was habe ich dir angetan?« Sie sah der Stute tief in die Augen. »Ich mache es wieder gut!«, schwor sie feierlich. »Ganz bestimmt.« Mailin schniefte und wischte sich mit dem Handrücken eine Träne fort. »Ich hol dich hier raus. Das verspreche ich dir. Sobald das Tor offen ist, bringe ich dich nach Hause.«

»He, ihr da!«, dröhnte in diesem Augenblick eine strenge männliche Stimme über die Weide. Ninim zuckte zusammen, drehte sich um und preschte gehetzt davon, während die Mädchen erschrocken einem Mann in braunem Overall entgegenblickten, der mit großen Schritten auf sie zugestapft kam. »Lasst das Pferd in Ruhe!«, wetterte er erbost. »Das ist hier kein Streichelzoo. Habt ihr das Schild nicht gelesen?«
»Schild?« Julia musste nicht einmal so tun, als sei sie überrascht. Ein Schild hatte sie wirklich nicht gesehen. »Was für ein Schild?« Sie trat einen Schritt zurück und schaute den Zaun entlang. »Hier sind keine Schilder.«
»Natürlich nicht!«, blaffte der Mann sie an. »Es steht ja auch oben an der Straße – groß und breit. Und wisst ihr, was draufsteht? PRIVATWEG – BETRETEN VERBOTEN. Das gilt natürlich auch fürs Befahren und Bereiten. Habe ich mich verständlich ausgedrückt?«
»'tschuldigung, das haben wir wirklich nicht gesehen.« Julia bemühte sich um einen höflichen Ton und verkniff sich jede vorlaute Bemerkung. Der Mann war ihr höchst unsympathisch und sie ärgerte sich, dass sie nicht vorsichtiger gewesen waren.
»Den Haben-wir-nicht-gesehen-Spruch kannst du dir sparen«, knurrte der Mann und kam so nahe an den

Zaun heran, dass Julia der Geruch von Motorenöl in die Nase stieg, der von dem fleckigen Overall ausging. »Das sagt nämlich so ziemlich jeder, den ich hier am Zaun erwische. Und jetzt seht zu, dass ihr verschwindet, ehe ich euch beim Chef melde.«

»Wir gehen ja schon. Komm, Kaja.« Julia fasste Mailin am Arm. Aber ihre Freundin rührte sich nicht. Mit finsterem Blick starrte Mailin den Mann an, so als wolle sie ihm jeden Augenblick eine wütende Antwort geben.

»K-a-j-a!« Julia sprach den falschen Namen so langsam und überdeutlich aus, dass Mailin sich trotzdem angesprochen fühlen musste. Dabei verstärkte sie den Druck ihrer Hand noch etwas und versuchte die Elfe vom Zaun fortzuziehen. »Sei vernünftig und komm mit«, drängte sie. »Der Mann hat Recht. Wenn das hier ein Privatweg ist, hätten wir nicht herkommen dürfen.«

Bange Sekunden lang geschah gar nichts, dann gab Mailin ihren Widerstand auf. Ohne den Mann aus den Augen zu lassen, machte sie ein paar Schritte rückwärts, drehte sich dann um und ging schweigend auf Gohin zu. Julia spürte die brodelnde Wut ihrer Freundin und hoffte inständig, dass Mailin sich noch einen Moment zusammenriss.

Während sie sich auf ihr Fahrrad schwang, entfernte sich der Mann langsam wieder über die Koppel. Offenbar hegte er keinen Zweifel an der einschüchternden Wirkung seiner Worte und begnügte sich damit, zu sehen, dass die Mädchen sich auf den Rückweg machten.

Als sie kaum fünf Minuten später wieder auf den Hauptweg einbogen, hielt Julia an und blickte zu Mailin

auf, die noch immer mit finsterer Miene vor sich hin starrte.
»Nicht ärgern!«, sagte sie zu ihrer Freundin. »Immerhin wissen wir jetzt, wo wir Ninim finden und dass es ihr gut geht. Das ist doch schon mal was. Außerdem ist es von hier auch nicht so weit bis zum Tor.« Sie zwinkerte Mailin aufmunternd zu. »Den Weg kennst du ja sicher noch vom letzten Mal.«
»Ja schon.« Mailin schaute Julia an. In ihren Augen glänzten Tränen. »Es ist nur ... weißt du, ich hätte Ninim gern mehr getröstet. Sie ist zutiefst verängstigt und völlig verwirrt. Ich habe es gespürt, als ich sie berührte. Das ist alles nur meine Schuld.« Mailin seufzte tief. »Ich habe nur an mich gedacht und daran, wie ich mein Ziel erreichen kann. An das, was ich Ninim damit antue, habe ich keinen einzigen Gedanken verschwendet – ich bin wahrlich eine schlechte Pferdehüterin.«
»Das stimmt doch nicht«, versuchte Julia ihre Freundin aufzumuntern. »Du hast nicht nur an dich gedacht. Du hast Ninim hierher gebracht, um Moni und mich zu schützen – und das, obwohl du dich damit selbst in große Gefahr gebracht hast.« Sie lächelte. »Ich bin sicher, nicht jeder hätte für seine Freunde so selbstlos gehandelt. Manchmal sind die Dinge eben so eng miteinander verbunden, dass man gar nicht alles richtig machen kann.«
»Das hätte auch Enid sagen können.« Der Anflug eines Lächelns huschte über Mailins Gesicht. »Es ist lieb von dir, dass du mich trösten willst. Aber ich habe einen Eid geschworen, mit dem ich mich verpflichte, stets zum Wohle der königlichen Pferde zu handeln.« Sie schüttelte betrübt den Kopf »Diesen Eid habe ich gebrochen.«

»Nicht wenn du Ninim gesund wieder nach Hause bringst«, beharrte Julia. »Du wirst sehen, es wird alles gut.«
»Ich wünschte, ich hätte deine Zuversicht.« Mailin schüttelte den Kopf. »Hast du denn auch eine Idee, wo ich mich in den kommenden Tagen verstecken kann?«
»Ja, hab ich!« Julia grinste verschmitzt. »Komm mit, es ist gar nicht so weit von hier.«

»White Ladys« Geheimnis

»Da vorn ist es!« Mit ausgestrecktem Arm deutete Fions Vater auf eine kleine, moosbedeckte Hütte, über deren Esse eine dünne hellgraue Rauchfahne fast senkrecht in die Höhe stieg. »Wir haben Glück. Sieht ganz so aus, als ob der alte Norin daheim ist.«

Er schnalzte mit der Zunge und lenkte sein Pferd im Schritt auf die Hütte zu. Fion und Eanna folgten ihm mit White Lady in kurzem Abstand.

»Bald werden wir wissen, wo deine Freundin ist«, wandte sich Eanna tröstend an Fion. »Dann wird alles gut.«

»Möge die heilige Mutter Mongruard deine Worte erhören.« Fions Stimme klang angespannt. Seit sie vom Hof des Königs aufgebrochen waren, verspürte er eine große Unruhe, die allerdings nicht nur von der Sorge um Mailin herrührte. Immer wieder fragte er sich, wie es ihm gelingen konnte, etwas über die Entführung der Stute vor vielen Sommern in Erfahrung zu bringen, ohne dass Eanna etwas davon mitbekam. Bisher hatte er das Problem immer vor sich hergeschoben und darauf gehofft, dass sich irgendwann schon eine Lösung dafür finden würde.

Diese Hoffnung hatte sich nicht erfüllt und nun, da sie ihr Ziel fast erreicht hatten, blieb ihm nichts anderes übrig, als alles auf sich zukommen zu lassen und auf eine glückliche Wendung oder günstige Gelegenheit zu warten.

Mit bangem Herzen beobachtete er, wie sein Vater aus dem Sattel stieg, zur Tür ging und anklopfte.

Endlose Augenblicke lang geschah nichts, dann wurde die Tür einen Spalt weit geöffnet. Fion sah, dass sich in der Dunkelheit dahinter jemand bewegte, aber er war noch zu weit entfernt, um die leise gesprochenen Worte zu verstehen, die sein Vater mit dem alten Heiler wechselte.

»Was geschieht jetzt?«, flüsterte Eanna ihm zu.

»Ich weiß es nicht«, gab Fion ebenso leise zurück, ohne den Blick von seinem Vater abzuwenden. Das Gespräch zwischen den beiden Männern zog sich quälend in die Länge und schürte seine Ungeduld, bis er kaum noch still im Sattel sitzen konnte. Am liebsten wäre er abgesessen und zu seinem Vater gelaufen, doch dieser hatte ihn zuvor eindringlich ermahnt, so lange zu warten, bis er ihm ein Zeichen gab.

»Heilige Mutter Mongruard, gib, dass er uns hilft«, hörte Fion Eanna leise neben sich murmeln. Sie hatte die Augen geschlossen und die Hände gefaltet.

Und als sei ihr Gebet erhört worden, hob sein Vater in diesem Augenblick den Arm und gab ihnen das Zeichen, näher zu kommen.

Fion und Eanna saßen gleichzeitig ab und gingen mit White Lady auf die Hütte zu, deren Tür nun weit geöffnet war. Dort stand ein alter Elf mit aschgrauen Haaren. Er trug ein schlichtes, helles Gewand, das locker bis zum Boden herabfiel. Die Last der Sommer, die er gesehen hatte und die kaum mehr jemand zu ermessen vermochte, hatte ihm den Rücken gebeugt und tiefe Furchen in sein Gesicht gegraben. Doch obwohl er vom Alter gezeichnet war, wirkte er keineswegs gebrechlich. Im Gegenteil. Die Zeichen der Zeit trugen vielmehr dazu bei, die Würde und Weisheit zu untersteichen, die ihn wie eine unsichtbare Hülle umgab.

»Ehrwürdiger!« Fion verneigte sich und machte dabei mit der Hand jene Geste, mit der die Jugend dem Alter Respekt zollt. Eanna tat es ihm gleich.

»Das ist Eanna, Priesterin im Mondtempel am Hofe des Königs und enge Vertraute der ehrwürdigen Mondpriesterin Lavendra.« Fions Vater deutete auf Eanna, die sich noch einmal mit schüchternem Lächeln verneigte.

»Lavendra. So, so.« Der alte Elf erwiderte den Gruß mit einem kurzen Kopfnicken.

»Und dies, ehrwürdiger Norin, ist mein Sohn Fion, Pferdehüter am Hofe des Königs«, fuhr Fions Vater nicht ohne Stolz fort. »Er ist voller Sorge um seine Freundin, die königliche Pferdehüterin Mailin, die nach einem Ritt in den Schweigewald nicht wieder an den Hof zurückkehrte.«

»Fion!« Ein Wiedererkennen blitzte in Norins Augen auf und ein dünnes Lächeln umspielte seine Mundwinkel. »Einst sah ich dich oft mit deinen Schwestern am Sturzbach baden. Die Winter sind schnell vergangen. Du bist erwachsen geworden.«

»Die Arbeit mit der königlichen Herde erfordert große Verantwortung.« Fion wusste nicht, ob er die richtigen Worte wählte, aber er spürte, dass er etwas sagen musste, und ihm fiel so schnell nichts Besseres ein.

»Ja, das tut sie fürwahr.« Norin nickte bedächtig, hob den Blick und sah Fion direkt in die Augen. »Bisweilen gar eine Verantwortung, die weit über das Wohl der Pferde hinausgeht – nicht wahr?«

»Nun, ich . . . ich weiß nicht recht«, stammelte Fion. Norins durchdringender Blick verunsicherte ihn und für einen Augenblick kam ihm der Gedanke, dass der Alte womöglich auch in seinen Gedanken wie in einem Buch lesen konnte. »Auf jeden Fall wäre ich sehr froh, wenn Ihr uns bei der Suche nach meiner Freundin behilflich sein könntet«, versuchte er das Gespräch wieder auf den Grund ihres Besuches zu lenken. »Mailin ist allein in den Schweigewald geritten, um nach dieser Stute hier zu suchen, kam aber nicht wieder heraus. Die verbannte Enid brachte die Stute kurz darauf an den Waldrand, behauptete aber, Mailin nicht gesehen zu haben.«

»Enid.« Norin zog erstaunt eine Augenbraue in die Höhe. »Was du nicht sagst.«

»Die ehrwürdige Mondpriesterin Lavendra fürchtet, dass die Verbannte Mailin in ihrer Gewalt haben könnte, um den König zu erpressen«, fügte Eanna Fions Ausführungen hinzu. »Die Stute ist die Einzige, die gesehen haben könnte, was im Schweigewald geschah. Deshalb machten wir uns im Auftrag des Königs auf den Weg, Euch um Hilfe zu bitten, denn Fion erinnerte sich an einen ähnlichen Fall, bei dem Ihr in den Gedanken des Pferdes auf wichtige Hinweise stießt.«

»In den Gedanken von Pferden habe ich schon so manches entdeckt.« Der alte Elf schloss die Augen und seufzte tief, als könne er die Gedanken der Pferde in diesem Augenblick noch einmal vor seinem geistigen

Auge vorbeiziehen sehen. »Dinge, die gesucht wurden, aber auch Dinge, die besser im Verborgenen geblieben wären. Die Suche nach der kleinen Ailish war erfolgreich, doch nicht immer findet der Suchende das, wonach es ihn verlangt.« Norins prüfender Blick wanderte von Eanna zu Fion, der erschrocken zusammenzuckte.

Er spürt es, schoss es Fion durch den Kopf. Er weiß, dass ich nicht wegen Mailin komme.

»Würdet ... würdet Ihr es dennoch einmal versuchen?« Fion versuchte sich die Verunsicherung nicht anmerken zu lassen und rang um eine feste Stimme. »Das ist Ninim«, sagte er, während er White Lady ein paar Schritte auf den Elf zuführte und ihm die Zügel überreichte. »Unser aller Hoffnungen ruhen auf dem, was sie gesehen hat.«

»Das glaube ich dir gern!« Norin nahm die Zügel in die Hand und strich White Lady sanft über das schneeweiße Fell. Wieder schloss er für einen Augenblick die schweren Lider und gab sich ganz seinen Empfindungen hin, dann wandte er sich erneut seinen Besuchern zu. »Ich will sehen, was ich für euch tun kann«, sagte er. »Doch dazu muss ich eine Weile mit dem Pferd allein sein. Die Suche nach Wahrheiten erfordert eine tiefe Besinnlichkeit, die nur in unbehelligter Ruhe gelingen kann. Kommt wieder, wenn die Sonne sich nach Westen neigt, dann werde ich euch berichten.«

»Wir danken Euch für Eure Hilfsbereitschaft und respektieren Euren Wunsch nach Ungestörtheit.« Fions Vater deutete eine leichte Verbeugung an, um seine Worte zu unterstreichen. Dann ging er zu seinem Pferd

und griff nach den Zügeln. »Kommt, ihr beiden«, forderte er Eanna und Fion auf. »Ihr habt es gehört. Im Augenblick können wir nichts weiter tun als warten.«
»Ich werde dafür beten, dass Euren Bemühungen Erfolg beschieden ist.« Eanna verneigte sich noch einmal, ehe auch sie sich umwandte und zu ihrem Pferd ging.
Fion hingegen rührte sich nicht. Er wusste, dass auch er den Worten seines Vaters Folge leisten musste, zögerte aber.
Du darfst nicht fortreiten!
Alles in ihm schrie danach, hier zu bleiben.
Geh nicht!
Hinter seiner Stirn überschlugen sich die Gedanken und das Gefühl, in diesem Augenblick die einzige Möglichkeit zu verspielen, Mailins Auftrag zu erfüllen, schnürte ihm die Kehle zu. Er war so dicht dran – und doch war ihm, als sei er noch nie so weit von seinem Ziel entfernt gewesen.
Die Lage schien aussichtslos. Er konnte nichts sagen oder tun, ohne dabei gleichzeitig zu verraten, dass es für ihn noch andere Gründe für die Reise zu dem alten Heiler gab.
»Habt Dank«, presste er, um Fassung ringend, hervor und deutete ebenfalls eine Verbeugung an, ehe er sich schweren Herzens umwandte, um mit den anderen den Rückweg anzutreten.
»Warte, Junge!« Norins Stimme war ruhig und gelassen. »Du kannst noch nicht gehen, denn du bist der Einzige, der die Gesuchte kennt. Um sie im Bewusstsein der Stute zu finden, muss ich mir ein Bild von ihr machen. Doch das kann ich nur mit deiner Hilfe.« Der alte Elf

maß Fion mit einem schwer zu deutenden Blick. »Willst du mir diesen Dienst erweisen?«
»J. . . ja.« Fion war so überrascht, dass er nicht wusste, was er sagen sollte. Norins Worte klangen einleuchtend, dennoch konnte er sich des Gefühls nicht erwehren, dass noch etwas anderes dahinter steckte.
»Gut.« Norin nickte und richtete das Wort wieder an Fions Vater. »Hab keine Sorge, deinem Sohn wird nichts geschehen. Ich schicke ihn euch nach, sobald ich gefunden habe, wonach ich suche.«
»Fion hat einen weiten Weg zurückgelegt, um seiner Freundin zu helfen«, erwiderte Fions Vater ernst. »Ich vertraue Euch. Wenn er dazu beitragen kann, die Pferdehüterin zu finden, so habe ich nichts dagegen einzuwenden. Komm, Eanna, wir reiten.«
Er schnalzte leise mit der Zunge und ließ sein Pferd wenden.
Fion warf Eanna einen bangen Blick zu. Doch die junge Priesterin schien keinen Argwohn zu hegen. Sie lächelte Fion aufmunternd zu und folgte seinem Vater, ohne ein Wort zu sagen.

»Binde dein Pferd an und folge mir!« Norin gab Fion ein Zeichen und führte White Lady ohne eine weitere Erklärung um die Hütte herum.
Fion nickte. Mit wenigen Handgriffen band er Diahans Zügel an dem niedrigen Ast eines Baumes fest, achtete aber darauf, dass die Stute dennoch von dem saftigen Gras fressen konnte, das hier überall spross. Dann folgte er Norin hinter die Hütte, wo ihn der alte Heiler schon auf einer Bank am Rand einer kleinen Wiese er-

wartete. Er hatte White Lady die Zügel über den Widerrist gelegt und beobachtete, wie die Stute friedlich graste.

Als er Fion kommen sah, blickte er auf. »Fion! Komm und setz dich zu mir. Mir scheint, wir beide haben etwas zu besprechen.«

Mit klopfendem Herzen kam Fion näher und tat wie ihm geheißen. Nun, da sie ungestört waren, drängte es ihn, Norin endlich die ganze Wahrheit zu erzählen, fürchtete aber, dass der alte Heiler wegen der Lügengeschichte ungehalten reagieren könnte.

Der alte Elf schien jedoch etwas zu ahnen und machte es ihm leicht. »Dich bedrückt etwas!«, stellte er geradeheraus fest, als Fion nicht von sich aus zu sprechen begann. »Etwas Wichtiges – etwas sehr Wichtiges.«

Fion nickte stumm.

»Hat es mit dem Verschwinden deiner Freundin zu tun?«

»Ja.« Fion nickte, schüttelte dann aber gleich den Kopf. »Oder nein ... ich meine, eigentlich schon ... aber ...« Er verstummte, weil er nicht wusste, wo er beginnen sollte. Dabei ärgerte er sich furchtbar über sich selbst. Er hatte genügend Zeit gehabt, sich auf diesen wichtigen Augenblick vorzubereiten, aber er hatte sie nicht genutzt. Nun wusste er nicht, wie er sein Anliegen am besten vortragen sollte, und rang hilflos um die richtigen Worte.

»Hm.« Norin legte nachdenklich die Hand ans Kinn und fragte: »Ist es so schwer zu erklären?«

»Ja. Das heißt, nein. Eigentlich nicht. Ich weiß nur nicht, wo ich beginnen soll.« Die ganze Situation war

Fion furchtbar peinlich. Er war noch nie ein großer Redner gewesen und lange Berichte lagen ihm schon gar nicht. Am Hofe hatte er sich immer geschickt davor gedrückt und es den anderen überlassen, dem Stallmeister Meldung zu erstatten.
»Wie wäre es mit dem Anfang?«, schlug Norin vor. »Oder mit der Wahrheit?«
Fion zögerte, dann fasste er einen Entschluss. »Das Pferd ist nicht Ninim!«, stieß er kurz und knapp hervor.

»Ich weiß.« Kein Vorwurf lag in der Stimme des Heilers. »Schon als du mir den Namen nanntest, spürte ich, dass er nicht zu diesem Pferd gehört.«
»Ihr ... Ihr habt es bemerkt? Gleich?« Fion starrte den Heiler fassungslos an. »Und ... und Ihr habt trotzdem ... Ich meine, Ihr habt trotzdem nichts wegen des Schwindels gesagt?«
»Diese Stute trägt nicht nur einen falschen Namen«, erwiderte Norin. »Sie trägt auch ein Geheimnis. So wie du.« Er schaute Fion durchdringend an, dann seufzte er tief. Als er weitersprach, war sein Tonfall milde und auch ein wenig traurig. »Enid und ich kennen uns schon sehr lange. Ich empfand stets große Hochachtung vor ihrem Wirken und Wissen und war sehr bestürzt, als ich erfuhr, dass der König sie verbannt hatte. Noch immer kann ich nicht glauben, dass die Vorwürfe gegen sie der Wahrheit entsprechen. Dass sie dieses Pferd aus dem Schweigewald geführt hat, weckte mein Interesse.« Er maß Fion mit einem prüfenden Blick. »Ich habe das Gefühl, dass weit mehr hinter alldem steckt als nur die Suche nach deiner Freundin. Oder täusche ich mich da?«

Fion schüttelte stumm den Kopf.
»Ah, dachte ich es mir doch.« Norin lächelte und nickte bedächtig. »Ich habe sehr wohl bemerkt, dass dein Vater und die junge Priesterin ahnungslos sind.« Für sie bist du wirklich auf der Suche nach deiner Freundin. Doch nun sind sie fort und du kannst offen sprechen. Hab keine Furcht! Was ich von dir höre, bleibt unter uns.«
»Gut.« Fion sammelte sich und holte noch einmal tief Luft. »Mailin ist wirklich verschwunden«, begann er sein Anliegen vorzutragen. »Allerdings nicht im Schweigewald. Ich weiß, wo sie ist, aber ich weiß nicht, wann sie zurückkommt.« Er stockte kurz, nahm dann aber all seinen Mut zusammen und sagte: »Sie ist mit Enids Hilfe in die Welt der Menschen gegangen, um dieses Pferd von dort zurückzuholen . . .«

Eine Hand voll Neuigkeiten

Der verlassene Jagdunterstand, den Julia als neue Unterkunft für Mailin ausgesucht hatte, erwies sich als eine gute Wahl. Zwar fand Gohin in dem kleinen Holzschuppen keinen Platz, doch ein kräftiges Hochdruckgebiet bescherte ihm und Mailin eine ganze Reihe von warmen und sonnigen Tagen, und so konnte er die milden Nächte ohne Probleme unter freiem Himmel verbringen.

Zudem lag der Jagdunterstand nicht nur weitab von den Wanderwegen des Danauer Forstes, sondern auch ganz in der Nähe der Weide, auf der Ninim nun schon seit zehn Tagen stand. Mailin ließ es sich nicht nehmen, die Stute jeden Tag heimlich zu besuchen. Nach der langen Zeit in der Menschenwelt war sie davon überzeugt, dass sich das Tor in ihre Heimat jeden Augenblick für sie öffnen würde. Sie hatte auch schon einen Plan, wie sie Ninim unbemerkt von der Weide holen konnte, wenn die Zeit gekommen war.

Doch die Tage vergingen, ohne dass sich unter den gekreuzten Buchenstämmen etwas regte. Mailin wurde immer ungeduldiger. Es belastete sie, nicht zu wissen, was in ihrer Welt vorging, und die bange Frage, wann sich das Tor wieder öffnen würde, wich allmählich der quälenden Sorge, ob es sich überhaupt jemals wieder öffnete.

Julia versuchte sie zu ermutigen und aufzumuntern, doch irgendwann gingen auch ihr die Argumente aus und ihr blieb nichts weiter übrig, als Mailin immer wieder zu versichern, dass bestimmt alles gut werden würde.
Die ganze Aufregung beschäftigte Julia so sehr, dass sie ihre eigenen Sorgen um Spikey darüber fast völlig vergaß – bis diese sie an einem sonnigen Samstagmorgen überraschend einholten, als sie Spikey gerade für einen Ausritt sattelte.

»Hallo, Carolin, lange nicht gesehen.« Julia hielt im Striegeln inne und schaute zur Auffahrt hinüber, wo Carolin ihr Fahrrad gerade gegen den Zaun lehnte. »Willst du heute auch ausreiten?«
»Mal sehen.«
»Da wird sich Derry aber freuen. Ich hoffe nur, Frau Deller hat ihn nicht schon woandershin vermittelt. Heute wollten ziemlich viele bei den freien Reitstunden mitmachen.«
»Und wennschon.« Carolin kam langsam auf Julia zu.
»Nanu, welche Laus ist dir denn über die Leber gelaufen?« Julia streifte den Striegel von der Hand und ließ ihn achtlos in den Putzkasten fallen. »Du siehst ja aus wie . . . Sag mal, hast du geweint?« Mit wenigen Schritten war Julia bei ihrer Freundin und fasste sie am Arm. »Mensch, was ist denn los?«
»Nichts, gar nichts.« Carolin schniefte hörbar und suchte in der Tasche ihrer Jeans nach einem Taschentuch, um sich die Nase zu putzen.
»Gar nichts? Quatsch! Wegen nichts heult man doch

nicht!« Julia fühlte sich hilflos. Carolin sah aus wie ein Häufchen Elend. »Komm, wir setzen uns da drüben auf die Bank«, schlug sie vor. »Ich hab es nicht eilig. Wenn du magst, können wir reden.«

»Ist Svea hier?« Carolin hörte auf sich die Nase zu putzen und blickte sich um.

»Nee, die kommt erst Montag wieder«, erklärte Julia, während sie Carolin sanft, aber bestimmt in Richtung Bank manövrierte. »Sie ist übers Wochenende mit ihren Eltern zu einer Familienfeier gefahren.«

»Gut.« Carolin schluckte hörbar. »Ihre gehässigen Bemerkungen hätten mir gerade noch gefehlt.«

»Ach, das meint sie doch nicht so«, sagte Julia. »Sie ist doch nur sauer, weil du mit . . .« Julia verstummte abrupt und starrte Carolin an. »Ist es wegen Dennis?«, fragte sie vorsichtig.

Das heftige Schluchzen, das sie statt einer Antwort zu hören bekam, sagte mehr als alle Worte. Fürsorglich fischte sie ein halb volles Päckchen Papiertaschentücher aus der Hosentasche und reichte es Carolin.

»Danke!« Carolin hatte den Kopf in die Hände gestützt. Die langen Haare verdeckten ihr Gesicht, aber ihre Schultern bebten und ließen keinen Zweifel daran, dass sie weinte. »Es ist aus!«, schluchzte sie. »Aus und vorbei!«

»Oh Schiet.« Julia legte ihrer Freundin tröstend den Arm um die Schultern. »Wie lange weißt du es schon?«

»Seit einer Stunde.« Wieder putzte Carolin sich die Nase. »Ich war in der Stadt, um was für die Schule zu besorgen. Da sehe ich diesen . . . diesen Mistkerl mit einer anderen Arm in Arm an der Eisdiele stehen!« Sie hob den Kopf und schaute Julia aus rot verquollenen Augen an. »Weißt du, mit wem?«, fragte sie aufgebracht und fuhr, ohne eine Antwort abzuwarten, fort. »Mit Janina aus der Parallelklasse!«

»Meinst du diese rotblonde Schönheit mit der Modelfigur und den knappsten aller knappen Klamotten?«, fragte Julia.

»Genau die!« Carolin schnaubte wütend. »Diese blöde Zicke ist schon so ziemlich mit jedem aus der Schule gegangen. Sie hat mal gesagt, es mache ihr Spaß, anderen den Freund auszuspannen. Dennis hat immer über sie gelästert und gesagt, sie sei ihm viel zu aufgedonnert und overdressed. Aber jetzt ...« Carolin schluchzte erneut und fingerte so unbeholfen an den Papiertaschentüchern herum, dass Julia ihr zu Hilfe kam und ihr ein neues Taschentuch aus der Verpackung holte. »Ich bin sicher, zwischen den beiden läuft schon länger was. Und dieser gemeine Mistkerl hat nicht einmal den Mut, es mir zu sagen.«

»Oh Carolin, das ... das tut mir so Leid.« Julia fehlten die Worte. Sie selbst hatte Liebeskummer zwar bisher noch nicht erlebt, konnte sich aber gut vorstellen, wie verletzt und gedemütigt Carolin sich jetzt fühlen musste. So eiskalt hintergangen zu werden! Wie kann Dennis ihr das nur antun?, dachte sie und ballte wütend die Fäuste.

»Dem Typen würde ich keine Träne nachweinen«, sagte sie laut. »Wer sich so fies benimmt, ist es nicht wert, dass man ihm nachtrauert. Echt nicht!« Sie rüttelte Carolin sanft an der Schulter und beugte sich vor, um ihr Gesicht sehen zu können. »He, hörst du mich?«, fragte sie.

»Ich kann ja verstehen, dass du geknickt bist. Ist ja auch hundsgemein von ihm, dich mit dieser Zicke zu betrügen. Aber mal ehrlich, müsstest du nicht eigentlich nur wütend auf ihn sein? Ich meine, wenn Dennis sich dir gegenüber so mies benimmt, ist das doch ...«

»Ach wie niedlich! Was geht denn hier ab? Habt ihr gerade Kuschelstunde?«, ertönte in diesem Augenblick eine spöttische Stimme in unmittelbarer Nähe.

Julia schaute auf. Vor ihr stand mit verschränkten Armen Anita und schaute grinsend auf die beiden Mädchen herab.

»Hau ab!«, giftete sie die Sechzehnjährige an. »Das hier geht dich nichts an.«

Carolin schluchzte leise

»Och, hat die Kleine ein Aua?«, frage Anita in einem Ton, als würde Julia einer Vierjährigen gerade das Knie verarzten.

»Halt die Klappe und verschwinde«, brauste Julia auf. »Auf deine Gesellschaft können wir verzichten. Was machst du hier überhaupt ohne Pferd?«

»Nun, das klingt jetzt vielleicht sentimental, aber ich schau mich ein letztes Mal um«, erwiderte Anita mit einem gespielt wehmütigen Gesichtsausdruck. »Meine Mutter ist gerade bei Frau Deller, um den Privatstall zu kündigen, da wollte ich mir diesen bescheidenen Reiterhof noch einmal ansehen, bevor ich ...«

»Du gehst weg?« Julia horchte auf. »Heißt das, du gibst das Reiten auf und jettest mit deinem Millionärserben jetzt nur noch durch die Welt?«

»Falsch geraten.« Anita lächelte herablassend und strich sich eine lange blonde Strähne aus der Stirn. »Obwohl ... so ganz Unrecht hast du nicht. Diesen Sommer wollen wir für drei Wochen nach Martinique zum Jetski-Fahren und über Weihnachten haben wir schon eine Nobel-Suite in Klosters gebucht – da fahren wir dann richtig Ski, falls dir der Name nichts sagt. Reiten werde ich natürlich auch noch. Mein Vater kauft mir in acht Wochen einen Lipizzaner, der gut in Dressur ist.« Sie rümpfte die Nase und ließ den Blick über die Gebäude und Hallen der Danauer Mühle schweifen. »Aber den werde ich natürlich nicht hier unterstellen. Nach den Sommerferien gehe ich auf ein Sportinternat in Süddeutschland, um mich ganz meiner Karriere als Dressurreiterin zu widmen. Dort wird die künftige Equipe des deutschen Reitsports ausgebildet. Die Talentsichtung des Deutschen Reitersportverbandes ist super gelaufen. Gestern kam die Zusage – künftig werdet ihr mich also nur noch im Fernsehen bewundern können.«

»Dann schalte ich ganz bestimmt ab.« Carolin putzte sich die Nase, blickte aber nicht auf.

»Einen Lipizzaner?«, fragte Julia mit klopfendem Herzen. »Und was ist mit White Lady?«

»Der ist nicht mehr zu helfen.« In Anitas Worten schwang nicht einmal ein Hauch von Mitleid mit. »Seit Moni sie im Wald verloren hat, ist White Lady völlig übergeschnappt. Bockig und stur. Außerdem beißt sie jeden, der sich ihr nähert. Mit so einem Pferd kann ich nicht arbeiten. Ginge es nach mir und meinem Vater, hätten wir sie längst eingeschläfert, aber meine Mutter kann sich noch nicht von ihr trennen. Sie hofft wohl noch auf ein Wunder.« Anita schüttelte den Kopf. »Heute Abend kommt noch mal so ein Voodoo-Meis-

ter zu uns, das ist ihre letzte Chance. Wenn der White Lady auch nicht helfen kann, kommt sie weg.«
»Weg?«, fragte Julia. »Wohin?«
Statt zu antworten, fuhr sich Anita nur mit dem Finger quer über die Kehle.
Julia wollte noch etwas sagen, aber in diesem Augenblick ging die Tür zu Frau Dellers Büro auf und Anitas Mutter kam heraus. »Anita?«
»Ich komme! Tja, dann. War nett, mit euch zu plaudern«, sagte Anita gut gelaunt. »Ich werde in der nächsten Zeit wohl keine Gelegenheit mehr haben, mich mit euch zu unterhalten.« Ihre Mundwinkel umspielte nun wieder das gewohnte herablassende Grinsen. »Aber ehrlich gesagt, glaube ich auch nicht, dass mir das fehlen wird.« Sie drehte sich um und ging auf ihre Mutter zu.
»Keine Sorge, du wirst uns auch nicht fehlen!«, rief Julia ihr nach und Carolin fügte etwas leiser hinzu: »Von arroganten Zicken haben wir die Nase voll.«
Anita tat, als hätte sie das nicht gehört. Sie war schon fast bei der Bürotür, als sie sich plötzlich umdrehte und noch einmal zurückkam. »Das hätte ich ja fast vergessen«, sagte sie übertrieben freundlich, zog eine Visitenkarte aus der Tasche und reichte sie Julia. »Die wollte ich dir unbedingt noch geben.«
»Pferdekummerkasten.de?«, las Julia stirnrunzelnd. Was soll ich denn damit?«
»Nun, ich dachte, du kannst es vielleicht gebrauchen, wenn du dich irgendwo ausheulen musst, weil du bald kein Pflegepony mehr hast.« Anita verzog den Mund zu einem diebischen Grinsen. »Kleines Abschiedsgeschenk

von mir!« Mit diesen Worten machte sie sich wieder auf den Weg zu ihrer Mutter.
»Warte mal!« Mit einem Satz war Julia auf den Beinen und lief Anita hinterher. »Was soll das denn heißen: Wenn ich bald kein Pflegepony mehr habe?«
»Ach du Schreck!« Anita schlug sich in gespielter Bestürzung die Hand vor den Mund. »Sag bloß, du weißt nicht, dass Susanna Spikey verkaufen will?«
... Spikey verkaufen will.
Julia hatte das Gefühl, als hätte ihr jemand eiskaltes Wasser ins Gesicht geklatscht. Mit der Visitenkarte in der Hand stand sie wie angewurzelt auf dem Hofplatz und starrte Anita nach, die zu ihrer Mutter in einen roten Sportwagen stieg und vom Hof fuhr.
Verkaufen! Verkaufen!
Julia konnte keinen klaren Gedanken fassen. Der rote Sportwagen war längst nicht mehr zu sehen, aber sie stand immer noch an derselben Stelle und rührte sich nicht.
»Julia!« Diesmal war es Carolin, die ihren Arm um Julias Schultern legte. Ihre Stimme klang noch immer traurig, aber es schwang auch schon eine Spur der alten Carolin darin mit. »Anita ist weg und kommt nicht wieder. Aus und Schluss. Soll sie doch auf ihrem Eliteinternat versauern. Hier hat sie nichts als Unruhe gestiftet und nur Gemeinheiten vom Stapel gelassen. Also vergiss, was sie gesagt hat. Zum Glück sind wir die ein für alle Mal los.« Sie rüttelte Julia sanft an der Schulter. »He, Julia, was ist denn?«
»Susanna will Spikey verkaufen!« Die Worte kamen Julia so tonlos über die Lippen, als spräche jemand anderes.

»Wie verkaufen?« Carolin verstand nicht recht. »Hat Anita das etwa zu dir gesagt?«
Julia nickte.
»Ach, so ein Blödsinn!«, sagte Carolin ärgerlich. »Die wollte dir zum Abschied nur noch eins auswischen. Das hat sie sich bestimmt nur ausgedacht, um dich zu ärgern. Du weißt doch, wie sie uns immer ...«
»Nein, sie hat Recht.«
»Hä?« Carolin runzelte die Stirn. »Wie kommst du denn darauf?«
»Weil ich es schon die ganze Zeit vermute.« Endlich sah Julia Carolin an. »Frau Meinert, meine Mutter und Frau Deller, alle drucksen herum. Keiner rückt mit der Sprache raus, wenn ich sie frage, was mit Spikey ist. Sie wissen es schon lange. Da bin ich mir ganz sicher. Anita hat mir nur bestätigt, was ich schon längst vermutet habe. Susanna will Spikey wirklich verkaufen.«
»Oh Mann.« Carolin seufzte tief. »Das ist wohl nicht gerade unser Tag heute – was?«

Spurensuche

»... unsere Hoffnung ruht nun allein darauf, dass Ihr in den Gedanken der Stute die nötigen Beweise findet, um Lavendras schändlichen Betrug aufzudecken.« Fions Kehle war vom langen Reden wie ausgedörrt. Seine Stimme klang heiser. Er löste die Wasserflasche vom Gürtel und trank ein paar Schlucke, dann sah er den alten Heiler an. »Werdet Ihr uns helfen?«

Norin antwortete nicht sofort. Er hatte Fion aufmerksam gelauscht und ihm nur hin und wieder ein paar Fragen gestellt.

Fion spürte, dass der Bericht über Mailins Abenteuer den alten Heiler tief beeindruckte, dennoch war er sich nicht sicher, ob er ihnen auch helfen würde.

»Werdet Ihr?«, fragte er noch einmal vorsichtig nach.

Aber Norin ließ sich mit der Antwort Zeit. Sein Blick wanderte von Fion zu der weißen Stute und blieb an ihr hängen, während er sich mit der Hand immer wieder nachdenklich über das Kinn strich.

»Mailin und du, ihr glaubt also, dass dieses Pferd der einzige Zeuge des Unrechts ist, das Enid durch Lavendra widerfahren ist?«, hob er schließlich auf eine Weise an, als spräche er zu sich selbst. »Ihr Verschwinden wurde damals Enid angelastet, und ich soll nun die Beweise für ihre Unschuld finden.« Er neigte den Kopf nachdenklich zur Seite und seufzte wie jemand, der eine schwere Entscheidung zu treffen hat. Dann stand er auf, ging zu White Lady und strich ihr sanft über das schimmernde Fell. »Nun, meine Schöne«, sagte er leise. »Dann wollen wir doch mal sehen, ob wir der verbannten Mondpriesterin helfen können.«

»Danke.« Fion hatte sich ebenfalls erhoben. Er war sehr erleichtert, dass Norin ihm helfen wollte, wusste aber nicht so recht, wie er sich nun verhalten sollte. »Ich ... ich gehe wohl besser«, sagte er unsicher. »Dann seid Ihr ungestört.«

»Gehen?« Der alte Heiler wandte sich verwundert zu ihm um. »Warum?«

»Nun, Ihr habt vorhin zu meinem Vater ...«

»Oh ja. Ja, natürlich. Ich sagte ihm, ich müsse bei der Arbeit absolute Ruhe haben.« Ein schelmisches Lächeln huschte über Norins vom Alter gezeichnetes Gesicht. »Das war doch ein guter Vorwand – oder? Wie sonst hätte ich ungestört mit dir sprechen können?« Das Lächeln verschwand und seine Stimme wurde wieder ernst. »Du kannst gern bleiben«, sagte er und deutete auf die Bank. »Setz dich dorthin und verhalte dich ganz still. Um zu finden, wonach es dich verlangt, muss ich sehr tief in die Erinnerungen des Pferdes vordringen. Ich kann nicht sagen, wie lange es dauert, denn es wird nicht leicht sein.« Er seufzte noch einmal tief, klopfte White Lady mit der flachen Hand an den Hals und sagte dann an die Stute gewandt: »Ich hoffe nur, du hältst auch lange genug still.«

* * *

Der kleine Weiher lag friedlich und verlassen inmitten der Düsternis des Schweigewaldes. Nichts rührte sich an seinem Ufer, kein Fisch zog seine Bahnen am dunklen Grund und kein Insekt schwirrte über die spiegelglatte Oberfläche.
Wäre der kleine Bach nicht gewesen, der den Teich mit gedämpft gluckernden Lauten speiste, man hätte glauben können, er sei zu einem Bild erstarrt.
Dann änderte sich etwas.
Zunächst leise, dann immer deutlicher klangen die Geräusche von knackenden Zweigen und raschelndem Laub durch den Wald.
Jemand nahte!
Hoch über dem dichten Blätterdach schien die Sonne, doch ihre Strahlen vermochten nicht bis auf den Waldboden vorzudringen. Nur ein dünner Lichtstrahl berührte die Wasseroberfläche und so dauerte es lange, ehe die Schatten des Waldes den Blick auf das freigaben, was sich dem Weiher näherte.
Es war eine Frau. Schlank und hoch gewachsen, von unbestimmtem Alter. Das schlichte erdfarbene Gewand hatte sie um die Taille mit einer geflochtenen Kordel gegürtet, die langen graublauen Haare im Nacken zu einem dicken Zopf geflochten.
Es war Enid, die verbannte Priesterin.
Langsam trat sie an den Weiher und schaute voller Sorge über das dunkle, ruhige Wasser. Dann richtete sie den Blick nach oben, wo sich der Mond rund und voll, aber sehr blass vom Blau des Himmels abhob, und seufzte leise.
Sehnsüchtig und voller Bangen hatte sie auf diesen Au-

genblick gewartet. Nur wenige Tage waren vergangen, seit sie Mailin in der Welt der Menschen verloren hatte. Wie schon beim ersten Mal, als sie Mailin bei der Suche nach dem verschwundenen Fohlen unterstützt hatte, würde ihr die Kraft des vollen Mondes auch diesmal helfen, das Tor für die Pferdehüterin wieder zu öffnen. Noch einmal schöpfte die Priesterin Atem, hob die Arme anrufend dem Mond entgegen und schloss die Augen, um ihre Kräfte zu sammeln. Sie hatte nur wenig Zeit gehabt, sich von der letzten Anrufung zu erholen, und wusste, dass sie das Tor diesmal nicht lange würde offen halten können. Aber sie gab die Hoffnung nicht auf, dass Mailin den Weg zurück rechtzeitig finden würde.

Versunken in ihre eigenen Gedanken, stand Enid am Weiher und machte sich bereit, das Tor ein letztes Mal zu öffnen. Dabei bemerkte sie nicht den kleinen Vogel, der hoch über ihr in den Zweigen einer Tanne saß und sie aufmerksam musterte. Die Grauammer ließ Enid nicht aus den Augen – aber sie war nicht die Einzige, die Enid beim Wirken der verbotenen Magie beobachtete.

In ihrer geheimen Kammer stand Lavendra vor einer flachen Wasserschale und schaute voll hämischer Genugtuung auf das Bild, das sich dort so klar und naturgetreu abzeichnete, als blicke sie durch ein Fenster. Der kleine Vogel war einer ihrer Späher. Was die Grauammer erblickte, zeigte sich ihr im spiegelnden Wasser – und was sie sah, stimmte sie mehr als siegessicher.

Schon lange hatte sie geahnt, dass die verbannte Priesterin und die lästige Pferdehüterin unter einer Decke steckten, aber der merkwürdige Gedächtnisschwund

der vergangenen Tage hatte ihre Nachforschungen kurzfristig unterbrochen. Nun hatte sie endlich die Beweise dafür, dass Enid Mailin den verbotenen Weg in die Menschenwelt öffnete. Wenn sie jetzt schnell genug handelte, war sie die beiden ein für alle Mal los.
Mit einer raschen Handbewegung löschte Lavendra das Bild in der Wasserschale und machte sich auf, um dem König von Enids schändlichem Vergehen zu berichten und ihn zu drängen, mit ihr zum Schweigewald zu reiten. Diesmal würde sie Enid und Mailin auf frischer Tat ertappen.

* * *

Dunkelheit umhüllte Norin, als er behutsam in das Bewusstsein der Stute eindrang.
Sie wehrte sich nicht. Im Gegenteil. Sie stand ganz still und hieß ihn willkommen wie einen Freund. Sie ließ ihn teilhaben an ihren Gedanken und wehrte sich nicht, als er darin wie in einem offenen Buch zu lesen begann.
Die obersten Schichten ihres Bewusstseins waren angefüllt mit einer Flut von Bildern und Empfindungen der jüngsten Ereignisse, die sich wie ein Schwarm bunter Schmetterlinge rastlos hin und her bewegten.
Nur selten hielt eines der wirbelnden Bilder so lange inne, dass Norin einen Blick darauf werfen konnte, aber die wenigen Erinnerungsfetzen, die sich vor ihm auftaten, genügten, um ihm den Weg in die Tiefen des Be-

wusstseins und damit zu jenen Erinnerungen zu weisen, die schon weit zurücklagen.
Wie zuvor White Lady sah Norin den Hof des Königs vor sich liegen und teilte die unbändige Freude der Stute über die glückliche Heimkehr, als wäre es seine eigene. Auch das nächste Bild war von glücklichen Empfindungen geprägt. Es zeigte eine kleine, von hohen Bäumen umstandene Hütte in einem dunklen, stummen Wald – dem Schweigewald. Eine Frau, die Norin sofort als Enid erkannte, ging an der Seite der Stute und führte sie auf die Hütte zu.
Das Bild verblasste, doch gleich darauf formte sich schon ein neues vor Norins geistigem Auge.
Es zeigte wieder Enid, die mit der Stute und einem anderen weißen Pferd am Ufer eines Weihers mitten im Wald stand. Etwas abseits graste ein drittes Elfenpferd. Ein junges Elfenmädchen im Gewand der königlichen Pferdehüter stand vor der verbannten Priesterin und redete eindringlich auf sie ein. Gern hätte Norin dem Gespräch der beiden gelauscht, doch ehe er sich auf die Worte einlassen konnte, entwich ihm auch dieses Bild. Dunkelheit und Kälte hüllten ihn ein, als er tiefer in die Gedanken des Pferdes vordrang. Dann kehrte das Licht zurück. Diesmal galoppierte er mit White Lady durch einen anderen Wald. Der Boden war mit Laub bedeckt. Die Büsche und Bäume trugen keine Blätter. Es war kühl. Wie die Stute in jenem Augenblick, so fühlte auch Norin sich frei und glücklich und genoss mit ihr den schnellen Ritt, als ihn urplötzlich eine andere Empfindung übermannte. Es war fast wie ein Ruf, der sie zwang den Weg zu verlassen und auf zwei junge

Buchenstämme zuzureiten, deren lichte Kronen sich kreuzten.
Das verärgerte Gesicht der Reiterin, eines jungen rothaarigen Mädchens in eigentümlichen Kleidern, tauchte im Blickfeld der Stute auf – ein Mensch!
Endlich wusste Norin, wo er sich befand. Was er hier erlebte, waren die jüngsten Erinnerungen der Stute an die Welt der Menschen.
Fion hatte Recht. Die Stute kam tatsächlich aus der Welt der Menschen. Nun galt es, herauszufinden, wie sie dorthin gekommen war.
Behutsam glitt der alte Heiler weiter durch die Fülle von Eindrücken, ließ die jungen Erinnerungen hinter sich und tauchte ein in das, was längst vergangen war. Dabei wurde die erdrückende Flut der Bilder allmählich schwächer. Mit jedem Schritt, den er weiter zurückging, wurden es weniger, bis er schließlich nur noch Erinnerungen wichtiger Ereignisse vorfand, die sich tief und unauslöschlich in das Bewusstsein des Pferdes gegraben hatten.
Da waren Turniere mit tausenden von Zuschauern, mit Musik und flatternden Fahnen vor einem strahlend blauen Himmel, aber auch Bilder von einsamen Nächten in einem von heftigen Gewitterstürmen umtosten Stall. Bilder friedlich grasender Pferde auf einer sonnenbeschienenen Weide und Bilder von seltsamen pferdelosen Kutschen, in denen die Menschen saßen. Vieles, was er sah, verstand Norin nicht, da es Bilder aus einer fremden Welt waren, aber er spürte, dass er auf dem richtigen Weg war, und forschte unbeirrt weiter.
Das blonde Mädchen, das immer wieder in den Gedan-

kenbildern auftauchte, wurde immer jünger und kleiner und verschwand schließlich ganz aus den Erinnerungen. Die Reiterin war nun eine junge blonde Frau, die dem Mädchen sehr ähnlich sah. Auch sie wurde immer jünger, während Norin den Weg der Gedanken weiter zurückverfolgte. Er wusste, dass er noch viele Jahre würde zurückgehen müssen, und obwohl die Bilder oft schon sehr verschwommen waren, machte er sich nicht mehr die Mühe, jedes von ihnen genau zu betrachten. Die Bilder waren nicht wichtig. Viel bedeutender waren die Stimmungen, die sie begleiteten.

Ein Pferd, das aus seiner gewohnten Umgebung herausgerissen und in eine fremde Welt verschleppt wurde, musste eine unendlich große Furcht und Verwirrung spüren. Das war es, wonach Norin Ausschau hielt.

Doch die Erinnerungen, die er vorfand, boten keine Anhaltspunkte. Von kleineren Gemütsregungen wie Angst oder Freude abgesehen, verspürte er über einen langen Zeitraum hinweg nur den dumpfen Schmerz einer tiefen Trauer.

Es schien, als habe sich die Stute im Lauf der Jahre mit ihrem Schicksal abgefunden und gelernt, sich der neuen Umgebung anzupassen. Den Trennungsschmerz hatte sie jedoch nie ganz verwunden und tief in ihrem Herzen immer bei sich getragen.

Norin hielt inne, um zu prüfen, wie weit er schon vorgedrungen war. Die wenigen Bilder, die er hier in den Tiefen des Bewusstseins noch vorfand, waren oft nicht mehr als Fragmente eines wichtigen Ereignisses und zumeist so verschwommen, dass er sie kaum noch erkennen konnte. Nur ein einziges Mal erhaschte er einen

Blick auf eine Reiterin, die gerade dabei war, die Stute zu striegeln. Es war die junge Frau, die er zuvor schon einmal gesehen hatte, doch jetzt war auch sie ein Kind, das kaum mehr als zehn Menschenjahre zählen mochte. Norin horchte auf die Empfindungen der Stute und spürte, dass diese Erinnerung stärker als die anderen von großem Kummer geprägt war.

Er war fast am Ziel.

Weiter ging die Reise, zurück durch die Zeiten.

Norin tastete sich nun langsamer voran. Dabei achtete er aufmerksam auf jede noch so kleine Veränderung, um nichts Wichtiges zu übersehen.

Gleich darauf spürte er, wie eine ganze Welle von negativen Empfindungen durch das Bewusstsein der Stute strömte. Panische Furcht, Verwirrung und Fluchtgedanken stürzten in so rascher Folge auf Norin ein, dass es ihm fast den Atem nahm.

Für einen Augenblick drohte die Verbindung unter der Wucht der Gefühle abzureißen, doch nach ein paar Herzschlägen gelang es Norin, die unerwartet heftigen Sinneseindrücke so weit von sich fern zu halten, dass er die Bilder, die sich vor ihm auftaten, ungehindert betrachten konnte.

Anders als die vorherigen Bilder waren diese Erinnerungen nicht verblasst. Mehr noch, sie wirkten so frisch wie am ersten Tag – ein untrügliches Zeichen dafür, wie tief und unvergesslich sie sich in das Bewusstsein der Stute eingegraben hatten.

Norin hielt die Luft an. Das war es, wonach er gesucht hatte. Er war am Ziel. Nun galt es, die Bilder sorgfältig zu betrachten und darin nach möglichen Beweisen zu

suchen, die den Schuldigen an der Entführung auch nach all den Jahren noch überführen konnten.
Norin atmete tief durch, um sich zu entspannen, und verharrte einen Augenblick in tiefer Konzentration. Dann begann er mit der Suche.

Als Julia Mailin an diesem frühen Nachmittag besuchte, war sie sehr schweigsam. Dem Elfenmädchen entging nicht, dass sich ihre Freundin auf dem gemeinsamen Ausritt in Gedanken mit etwas anderem beschäftigte, doch als sie Julia danach fragte, gab diese sich einsilbig. Sie murmelte etwas von »Ärger in der Schule« und meinte, dass Mailin das sowieso nicht verstehen würde.
Mailin hatte Julia noch nie so bedrückt erlebt. Es bekümmerte sie, dass Julia sich ihr nicht anvertrauen wollte, und folgerte daraus, dass sie selbst der Grund für Julias Kummer sein müsse.
»Es ist meinetwegen, nicht wahr?«, fragte sie geradeheraus. »Ahnt jemand was? Hast du Ärger bekommen?«
»Ärger? Warum? Wegen dir?« Julia blickte verwirrt auf. Sie hatte nur die Hälfte von dem mitbekommen, was Mailin gesagt hatte.
»Ja!«
»So ein Quatsch.« Julia schüttelte den Kopf. »Das ist es nicht.«
»Vielleicht ja doch«, beharrte Mailin. »Du versorgst

mich nun schon so lange mit Nahrung und allem, was ich zum Leben brauche. Das muss doch jemandem auffallen.« Mailin sprach aus, was sie schon seit Wochen bewegte. Je länger ihr Aufenthalt in der Menschenwelt andauerte, desto mehr hatte sie das Gefühl, Julia zur Last zu fallen.

»Außer den paar Spaziergängern, die Gohin im Wald gesehen haben, hat noch niemand was gesagt«, erwiderte Julia betont locker und fügte zuversichtlich hinzu: »Mach dir keine Sorgen, Mailin. Niemand ahnt etwas von dir. Nicht mal meine Eltern. Wenn es sein muss, kann ich dich noch Wochen ...«

»Julia!« Mailins aufgeregter Ruf ließ Julia verstummen. »Spürst du das auch?« Sie deutete in den Wald hinein.

»Was?«

»Das Tor! Es hat sich verändert.« Mailins Stimme überschlug sich fast, so aufgeregt war sie. Ohne auf Julias Antwort zu warten, lenkte sie Gohin in den Wald hinein auf die beiden gekreuzten Buchenstämmen zu, unter denen sich das Tor zur Elfenwelt schon mehrmals geöffnet hatte.

»Also ich sehe nichts Ungewöhnliches!« Angestrengt blickte Julia vom Weg aus zu den jungen Buchen hinüber. »Komm lieber wieder zurück!«, rief sie Mailin mit gedämpfter Stimme zu, während sie den Weg entlangspähte, um sich zu vergewissern, dass keine Fremden in der Nähe waren. »Heute ist Samstag, da sind viele im Wald unterwegs. Es ist viel zu auffällig, wenn du da so rumstehst.«

Aber Mailin dachte gar nicht daran, zurückzureiten. Sie hatte sich schon aus dem Sattel geschwungen und eilte

auf das Tor zu. Unmittelbar davor hielt sie inne und streckte vorsichtig die Hand danach aus.
Und wirklich. Als sie ihre Hand unter die Stämme hielt, geschah, worauf sie so lange gewartet hatte. Zwischen den gekreuzten Stämmen erschien wieder der funkelnde Strudel, dessen spiralförmige Streifen in Silber und Dunkelblau entfernt an einen Sternennebel erinnerten. Abermillionen winziger, funkelnder Sternchen wanderten vom Rand langsam auf einen schwarzen Punkt in der Mitte der Spirale zu, wo sie im Nichts verschwanden.
»Siehst du das?« Mailin strahlte über das ganze Gesicht, als sie sich zu Julia umwandte. »Es ist wieder da – ich wusste, dass Enid mich nicht im Stich lässt!«
»Wahnsinn!« Julia war so überrascht, dass ihr die Worte fehlten. »Dann kannst du ja endlich wieder nach Hause.«
»Aber nicht ohne Ninim!« Mailin zog die Hand zurück und der geheimnisvolle Spiralnebel verschwand. Nichts deutete nun mehr darauf hin, dass sich hier ein Tor zur Elfenwelt befand.
»Komm, wir reiten los und holen sie!« Mailin war schon wieder aufgesessen und lenkte Gohin auf den Waldweg.
»Jetzt? Sofort? Bist du verrückt geworden?« Julia traute ihren Ohren nicht. »Wie stellst du dir das vor? Wir können die Stute doch nicht am helllichten Tag von der Weide holen.« Sie lenkte Spikey neben Gohin und legte die Hand beruhigend auf den Arm ihrer Freundin. »Wie lange wird das Tor offen sein?«, fragte sie.
»Ich weiß es nicht.« Mailin hob bedauernd die Schultern. »Drei oder fünf Stunden, denke ich.« Sie sah, wie Julia erschrak, und fügte eilig hinzu. »In meiner Welt.«

Geheimnisse der Vergangenheit

Es war dunkel.
Es war Nacht.
Die Schatten ringsumher gaben nichts von dem preis, was sich in ihnen verbarg.
Norin spürte die panische Furcht der Stute, als wäre es seine eigene. Eine rasende Furcht, geboren aus den Fluchtinstinkten, die allen Pferden zu eigen sind.
Wie von Sinnen zog und zerrte die Stute an dem Strick, der sie an einen Baumstamm fesselte, stieg und schlug mit den Hinterbeinen aus – vergeblich. Die groben Seile des Halfters schnitten tief in ihre Haut und hinterließen blutige Striemen auf dem weißen Fell, aber der Schmerz führte nur dazu, dass sie sich noch heftiger wehrte. Weißer flockiger Schaum bedeckte ihr Fell und sie wieherte schrill. Doch was sie auch tat, ihre Kräfte reichten nicht aus, um sich aus der Gefangenschaft zu befreien.
Plötzlich hielt sie inne und richtete den Blick auf einen kleinen, hellen Punkt, der sich langsam aus dem Dunkel näherte.
Feuer!
Norin spürte, wie erneut eine Woge aus Furcht durch den Körper der Stute flutete. Alle ihre Instinkte drängten sie zur Flucht, aber sie war zu erschöpft, um den Kampf gegen das unerbittliche Halfter noch einmal aufzunehmen.

Die Ohren starr nach vorn gerichtet, lauschte sie in die Dunkelheit und harrte zitternd der Dinge, die kommen mochten.
Wer immer sich dort näherte, wusste seine Erscheinung gut zu verbergen. Wäre die Fackel nicht gewesen, hätte die Gestalt ebensogut ein Teil der Nacht sein können, so perfekt verschmolz der mitternachtsblaue Umhang mit den Schatten. Dann hatte die Gestalt die Stute erreicht.
»Ist sie das?« Die Worte zischten wie ein Peitschenhieb durch die Stille der Nacht.
Hinter der Stute raschelte es. »Das ist sie! Wie Ihr es befohlen habt!«
Im Blickfeld der Stute tauchte ein schäbig gekleideter Elf im Gewand eines einfachen Bauern auf.
»Wo ist der andere?«, erkundigte sich die verhüllte Gestalt.
»Der Pferdehüter blieb im Auetal zurück«, erklärte der Elf. »Er half mir, die Stute von den anderen zu trennen, und meinte, damit sei sein Auftrag erfüllt!«
»So, so! Na, dann lass mal sehen!« Die Gestalt streifte die Kapuze des Umhangs ab.
Lavendra!
Norin war nicht wirklich überrascht, die Mondpriesterin hier zu sehen. Nach allem, was er von Fion erfahren hatte, wäre er eher verwundert gewesen, wenn es anders gewesen wäre.
Lavendra trat näher und hielt die Fackel in die Höhe, um die Stute näher zu betrachten. Diese wich voller Angst vor den Flammen zurück.
Aber Lavendra hatte genug gesehen. »Du Tölpel«, fuhr

sie den Elf an. »Bist du von Sinnen, das wertvolle Tier so zuzurichten?«
»Aber ich ...« Der Elf hob hilflos die Schultern.
»Ach schweig!« Lavendra zog einen kleinen Lederbeutel unter ihrem Umhang hervor und warf ihn dem Elf zu. »Nimm das und verschwinde, ehe ich es mir anders überlege!«, herrschte sie ihn an und unterstrich die Worte mit einer ungehaltenen Handbewegung. »Du nichtsnutziger Dummkopf hättest fast alles verdorben.«
»Habt Dank, Ehrwürdige! Habt Dank!« Der Elf umklammerte den Beutel wie einen Schatz und verbeugte sich mehrmals demütig.
»Geh!« Lavendra bedachte den Elf mit einem wütenden Blick, der sich daraufhin umdrehte und in der Dunkelheit verschwand.
Dann bückte sie sich, steckte die Fackel in das lose Erdreich und trat wieder auf die Stute zu. Der Blick der Mondpriesterin suchte den des Pferdes und hielt ihn fest, während sie langsam den Arm hob, um es zu berühren.
Norin spürte die Furcht der Stute. Sie zitterte und bebte vor Angst, wagte jedoch nicht sich zu bewegen. Wie gelähmt stand sie da und beobachtete mit angstvoll geweiteten Augen, wie die Hand der Priesterin immer näher kam.
Lavendra legte die flache Hand so auf die Stirn der Stute, dass ihre Fingerspitzen zwischen den Augen ruhten. Die Berührung war sanft und seltsam vertraut. Angst, Panik und Fluchtinstinkte verschwanden nahezu augenblicklich und machten Platz für eine dumpfe Gleichgültigkeit.

»Du bist jetzt ganz ruhig. Du hast keine Furcht.« Die beschwörenden Worte hatten etwas Zwingendes, dem sich auch Norin nicht entziehen konnte. Die bleierne Lethargie, die die Priesterin über den Willen und die Instinkte der Stute legte, drohte auch von ihm Besitz zu ergreifen.

Nur mit einer enormen Willensanstrengung gelang es Norin, seine Gefühle von denen der Stute zu trennen, die immer ruhiger wurde. Ihr Blick trübte sich, als wolle sie schlafen, aber sie blieb bei Bewusstsein.

Was nun geschah, sah Norin wie durch einen feinen Nebelschleier, aber immer noch klar genug, um Einzelheiten zu erkennen.

Lavendra löste den Strick vom Baum und führte die Stute neben sich her zu einem Weiher.

Norin erkannte den kleinen Teich sofort wieder. Es war derselbe, den er schon einmal in den Erinnerungen der Stute gesehen hatte – der Weiher im Schweigewald.

Der Mond war aufgegangen. Sein mildes Licht ließ die spiegelglatte Oberfläche des Weihers silbern schimmern.

Lavendra trat ans Ufer und ließ den Strick achtlos zu Boden gleiten. Die Stute war wie betäubt und nicht zur Flucht fähig.

Dann blickte Lavendra zu den Sternen empor und streckte die Arme in einer bittenden Geste dem vollen Mond entgegen. Ihre Lippen bewegten sich lautlos, während sie die uralten Worte einer Beschwörung sprach, die ihr das Tor zur Welt der Menschen öffnen sollten.

Kleine, Funken sprühende Blitze, die sich auf der Was-

seroberfläche entluden und es zum Dampfen brachten, umgaben die Priesterin, die dastand, als spüre sie nichts. Je mehr Blitze den Weiher berührten, desto mehr Nebel stieg von ihm auf. Es war ein schwerer Nebel, in dessen Innern abermillionen winziger Kristalle zu glitzern schienen. Lavendra wankte nicht. Selbst als die Blitze heftiger wurden und das Wasser zu brodeln begann, rezitierte sie unerschütterlich die uralten Worte und formte den Nebel zu einer undurchdringlichen weißen Wand, die träge über der Wasseroberfläche hing.

Plötzlich ließ Lavendra die Arme sinken und trat ein paar Schritte zurück. Sie gönnte sich eine kurze Pause, um neuen Atem zu schöpfen. Dann zog sie unter ihrem Umhang eine kleine Schachtel hervor, öffnete diese und nahm ein kleines, rundes Plättchen heraus, das im Mondlicht glänzte.

Eine Münze!

Gerade als Norin sich fragte, was Lavendra wohl damit vorhatte, warf diese die Münze mitten in den Nebel hinein.

Im ersten Augenblick geschah nichts. Dann wurde die Nebelwand von der Mitte her durchsichtig. Dahinter erkannte Norin ein mondbeschienenes winterliches Waldstück aus locker stehenden Buchen mit langen, geraden Stämmen. Abgesehen von ein paar schneebedeckten Sträuchern gab es nur wenig Unterholz.

Lavendra lächelte zufrieden. Eilig verbarg sie die Schachtel wieder unter ihrem Umhang, nahm den Strick erneut zur Hand und führte die Stute durch das seichte Wasser auf den eigentümlichen Wald zu.

Trotz der Lethargie, die die Stute erfasst hatte, spürte Norin, wie sich in ihr eine schwache Ablehnung regte. Sie wollte nicht durch das Tor gehen. Doch der aufkeimende Widerstand war zu schwach, um sich gegen den Willen der Priesterin aufzulehnen. Wie betäubt trottete die Stute hinter Lavendra her auf das Tor zu – und hindurch!

Auf der anderen Seite empfing sie eine Kälte, die nur um weniges milder war als die eisige Luft in der Dunkelheit zwischen den beiden Toren.

Die Stute fror. Ihr Atem stieg als weißer Dampf zu den Sternen auf, während unter ihren Hufen der Schnee knirschte.

Lavendra führte sie nur wenige Schritte von dem Weltentor fort, dann hielt sie inne, wartete und lauschte.

Es war still. Nichts rührte sich. Der Wald schien wie erstarrt in dem unerbittlichen Frost.

Norin fühlte, wie sehr die Stute unter der Kälte litt, und verfluchte Lavendra im Stillen dafür, dass sie nicht einmal an eine wärmende Decke für das arme Tier gedacht hatte.

Lavendra hingegen schien andere Sorgen zu haben. Immer wieder blickte sie sich um, stieß leise Flüche aus und scherte sich nicht um das erbärmlich zitternde Pferd.

Minuten verstrichen, dann ertönte in der Ferne gedämpfter Hufschlag. Im Mondlicht erkannte Norin einen Reiter, der sich rasch näherte. Er schien sein Ziel genau zu kennen, denn er hielt direkt auf Lavendra zu, die die Kapuze ihres Umhangs nun wieder übergestreift hatte, um ihr Gesicht vor dem Fremden zu verbergen.

»Ihr kommt spät!«, begrüßte sie den Reiter ohne eine Spur von Freundlichkeit in der Stimme und fragte drängend. »Habt Ihr es?«

»Ist sie das?«, antwortete der Fremde mit einer Gegenfrage, schwang sich aus dem Sattel und trat auf die Stute zu. »Sieht aus wie eine gewöhnliche Araberstute.«

»Ihr verlangtet nach einem unauffälligen Tier«, erwiderte Lavendra gereizt. »Sollte es Euch missfallen, kann ich ja wieder gehen.« Sie wandte sich um und machte ein paar Schritte auf das Tor zu.

»Wartet.« Der Reiter eilte ihr nach.

Trotz des schlechten Lichts konnte Norin erkennen, dass der Mann noch sehr jung war. Er trug eine Reiterkappe, eine wärmende Jacke, eng anliegende Hosen und Stiefel, die ihm fast bis zu den Knien reichten. Das Gesicht war von einem markanten Schnauzbart geprägt. Weitere Einzelheiten ließ der Schatten der Reiterkappe nicht erkennen.

»Wartet!«, rief er noch einmal. »Ich habe doch gar nicht gesagt, dass sie mir nicht gefällt. Ich wollte damit nur sagen ...«

»... dass Ihr mir misstraut?« Lavendra verstand es geschickt, den Mann zu verunsichern.

»Oh nein! Nein, wirklich nicht!«, beeilte sich dieser zu bekräftigen. »Ich ... ich wollte damit nur sagen, dass Ihr eine hervorragende Wahl getroffen habt. Diese Stute ist genau das, wonach ich suche.«

»Nun gut.« Lavendra wandte sich wieder dem Mann zu. »Habt Ihr denn auch dabei, wonach ICH suche?«

»Gewiss doch!« Der Mann ging zu seinem Pferd zurück,

öffnete eine der Satteltaschen und zog ein dunkles Päckchen hervor. »Es zu besorgen war nicht leicht«, bemerkte er, während er auf Lavendra zuging und ihr das Päckchen überreichte. »Es hat mich eine schöne Stange Geld gekostet.«

»Nun, ich denke, Ihr erhaltet dafür einen gerechten Ausgleich«, erwiderte Lavendra kühl. »Dieses Elfenpferd stammt aus der königlichen Herde. Es ist unbezahlbar.«

»Ich weiß, ich weiß.« Lächelnd strich der Mann über das glänzende Fell der Stute. »Sonst wäre ich das Wagnis auch nicht eingegangen. Das Buch lag gut bewacht im keltischen Museum. Ich musste die Besten ihrer Zunft anwerben, um es zu stehlen. Dieses Buch gilt als der Schatz der keltischen Mythologie. Viele kluge Köpfe haben schon versucht ihm seine Geheimnisse zu entlocken, doch die Geschichten darin sind so verworren, dass es allen ein Rätsel ist.«

Lavendra antwortete nicht sofort. Sie hatte das Päckchen ausgewickelt und blätterte aufmerksam in dem dicken, ledergebundenen Buch.

»Ein keltisches Buch!«, sagte sie schließlich und ein verächtliches Lächeln huschte über ihr Gesicht. »Wie leicht ihr Menschen doch zu täuschen seid.« Sie klappte das Buch zu und hielt es in die Höhe. Der abgegriffene Ledereinband zeigte einen Baum, umrahmt von einer verschlungenen Linie keltischer Knoten. »Dies ist das Buch Sineads des Weltenwanderers. Er war ein angesehener Heiler im Elfenreich und lebte zugleich auch als oberster Druide unter den Kelten. Wie kein anderer wusste er die

Künste der weißen und schwarzen Magie für sich zu nutzen. In diesem Buch hat er sein gesamtes Wissen niedergeschrieben.«

»Aber es stehen doch nur Mythen und Legenden drin.« Der Mann schien verwirrt.

»Das ist nur für das Auge des unkundigen Betrachters so.« Lavendra nickte. »Als die schwarze Magie im Elfenreich verboten und alle Werke, die sich damit befassten, vernichtet wurden, versteckte Sinead das Buch bei den Kelten. Um zu verhindern, dass es dort gefunden wurde, verbarg er sein Wissen zwischen den Zeilen in den Geschichten. Nur wer kundig ist und den Schlüssel dazu besitzt, wird die wahre Botschaft des Buches lesen können.« Sie trat vor und hielt fordernd die Hand auf. »Also, wo ist er?«, fragte sie mit schneidender Stimme.

»Ich habe ihn bei mir!« Der Mann wich vorsichtshalber einen Schritt zurück. »Aber ich gebe ihn Euch erst, wenn ihr mir das Pferd überlasst.«

»Zeig ihn mir!« Ungeduld und Zorn schwangen in Lavendras Stimme mit.

Der Fremde zögerte kurz, dann griff er in die Innentasche seiner Jacke, holte eine kleine Schachtel hervor und öffnete sie mit den Worten: »Hier ist er!«

Lavendra atmete hörbar ein und trat einen Schritt vor. »Sineads Ring!«, flüsterte sie voller Ehrfurcht und streckte die Hand aus, um den silbernen Flechtknotenring zu berühren, der in der kleinen Schatulle lag.

»Erst bekomme ich das Pferd!« Ruckartig klappte der Mann die Schatulle zu und zog seine Hand zurück. Es

war nicht zu übersehen, dass er ein tiefes Misstrauen gegenüber der Priesterin hegte.
»Hier, nehmt es. Es gehört Euch.« Während Lavendra dem Mann mit der einen Hand den Führstrick reichte, streckte sie ihm die andere auffordernd entgegen. »Den Ring!«, befahl sie knapp.
Stute und Schmuckschatulle wechselten nahezu gleichzeitig den Besitzer. Norin konnte gerade noch erkennen, wie Lavendra den Ring, den ebenfalls ein Baum und eine Knotenlinie zierten, aus der Schachtel nahm und auf ihren Finger steckte, dann verschwand die Priesterin aus dem Blickfeld der Stute, die nun dem Mann folgte.

Norin hatte genug gesehen. Der alte Elf atmete tief durch und löste seinen Geist behutsam aus den Erinnerungen des Pferdes.
Es war das erste Mal, dass er so weit in die Erinnerungen eines anderen Wesens vorgedrungen war. Ihm war schwindelig und er fand nur langsam in die Gegenwart zurück. Das Erste, was er bewusst wahrnahm, waren Fions Hände, die ihn stützten.
Der junge Pferdehüter schien sein Unwohlsein bemerkt zu haben. »Ihr seid erschöpft!«, hörte Norin den jungen Elf über das Rauschen in seinen Ohren hinweg sagen. »Lasst mich Euch zur Bank führen, dort könnt ihr Euch ausruhen.«
Norin seufzte und nickte kraftlos. Wie selten spürte er in diesem Augenblick die Last des Alters. Ermattet setzte er sich auf die Bank.
»Ich hole Euch etwas Wasser.«
Norin hielt die Augen geschlossen, erkannte jedoch aus

den Erschütterungen im Boden, dass Fion sich eilig entfernte. Schon einen Moment später kehrte er zurück und reichte dem alten Heiler einen tönernen Becher mit frischem Quellwasser. Fion wartete noch, bis Norin getrunken hatte, dann konnte er seine Neugier nicht länger zurückhalten.

»Bitte verratet mir, was Ihr gesehen habt«, bat er mit mühsam unterdrückter Aufregung. »Habt Ihr etwas finden können, was uns als Beweis dienen könnte?«

Wo ist Mailin?

Als Julia am späten Samstagnachmittag vom Reiterhof nach Hause kam, war sie innerlich so aufgewühlt, dass sie kaum einen geordneten Gedanken fassen konnte. Nach Anitas Bemerkung, dass Spikey tatsächlich verkauft werden sollte, wäre sie am liebsten sofort nach Hause gefahren, um mit ihrer Mutter zu sprechen. Doch die war beim Frisör. Und außerdem wartete Mailin auf sie. So hatte sie sich schweren Herzens dazu entschlossen, den Nachmittag – wie ursprünglich geplant – mit Spikey im Danauer Forst zu verbringen und das Gespräch mit ihren Eltern auf den Abend zu verschieben. Aber die Ereignisse des Nachmittags hatten ihre Pläne über den Haufen geworfen.

Das geöffnete Weltentor bedeutete für sie den baldigen Abschied von ihrer Freundin und stimmte sie traurig, obwohl sie sich natürlich auch für Mailin freute. Vor allem aber ließ die große Sorge, ob es ihnen gelingen würde, Ninim heimlich von der Weide zu holen, ihre eigenen Sorgen für den Augenblick in den Hintergrund rücken.

Den ganzen Nachmittag schon grübelte Julia darüber nach, aber ihre Gedanken drehten sich immer nur im Kreis und machten es ihr unmöglich, einen halbwegs vernünftigen Plan zu schmieden.

Nachdem sie das geöffnete Tor entdeckt hatten, waren sie sofort zur Weide geritten, auf der Ninim stand. Mai-

lin hätte die weiße Stute am liebsten gleich mitgenommen. Julias berechtigten Bedenken gegenüber hatte sie sich taub gestellt und stur darauf beharrt, dass sie sich beeilen müsse, weil sie nicht wisse, wie lange Enid das Tor geöffnet halten könne.
Den Weg vom Tor zur Weide hatten sie im Galopp zurückgelegt, doch als sie dort ankamen, war von Ninim weit und breit nichts zu sehen gewesen. Nur die beiden Haflinger standen noch dort. Das hatte den beiden Mädchen einen furchtbaren Schrecken eingejagt. Im ersten Augenblick befürchteten sie sogar, dass man Ninim schon weggebracht hatte, um sie einzuschläfern. Doch dann erinnerte sich Julia an Anitas Worte vom Vormittag und konnte Mailin beruhigen. Ninim war bestimmt nur zu einer neuen Untersuchung von der Weide geholt worden. Dass diese Untersuchung die letzte Chance für die Stute war, verschwieg Julia Mailin lieber.
Julia stieg vom Rad, lehnte es an die Wand neben der Haustür und atmete tief durch. Sie konnte nur hoffen, dass Anitas Vater das Pferd nicht unmittelbar nach der Untersuchung fortschaffte, sondern erst noch mal auf die Weide führte.
Nur noch eine Nacht! Eine Nacht! Julia fühlte, wie der Gedanke ihr die Kehle zuschnürte. Nach all den Wochen durfte es einfach nicht sein, dass Ninims Schicksal sich wegen ein paar Stunden auf so tragische Weise erfüllte.
»Oh hallo, schon zurück?« Ihre Mutter hatte Julia kommen hören und die Haustür geöffnet. Ihre Haare waren kunstvoll hochgesteckt und sie hielt die Hände so, als

hätte sie sich gerade die Fingernägel lackiert. »Du kommst aber früh heute.«
»Störe ich etwa?« Julias Antwort sollte schnippisch klingen, doch der Versuch, ihre Anspannung hinter lockeren Sprüchen zu verstecken, misslang.
»He, warum bist du denn so pampig?« Anette Wiegand runzelte die Stirn. »Gab es Streit?«
»Nee!« Julia zog die schmutzigen Reitstiefel aus, stellte sie neben die Tür und drängte sich an ihrer Mutter vorbei in den Flur.
Die Begrüßung schrie geradezu danach, ein Gespräch über Spikey zu beginnen, aber Julia wusste aus Erfahrung, dass Augenblicke wie diese für so heikle Gespräche denkbar ungünstig waren. Dem aufgebrezelten Outfit nach zu urteilen hatte ihre Mutter heute Abend irgendetwas vor und sicher weder Zeit noch Lust auf eine langwierige Diskussion. Vermutlich würde sie jeden Vorstoß ihrer Tochter mit einem Da-reden-wir-später-drüber abtun.
»Wollt ihr weg?« Julia deutete auf den dunklen Anzug und das glänzende cremefarbene Abendkleid, die im Flur an der Garderobe hingen. Beide steckten noch in transparenten Schutzfolien, so als hätte ihre Mutter sie eben erst aus der Reinigung geholt.
»Ach, Kind! Wo bist du in letzter Zeit bloß mit deinen Gedanken?« Ihre Mutter schloss die Haustür mit dem Ellenbogen. »Papa und ich gehen doch heute Abend in dieses Musical, von dem ich dir erzählt habe. Weißt du das denn nicht mehr?«
»'tschuldigung, das hatte ich ganz vergessen.« Julias Miene hellte sich auf. »Ein Musical. Cool«, sagte sie in

einem Ton, als würde sie am liebsten mitkommen. »Wann seid ihr denn zurück?«
»Oh. Das wird sicher spät.« Ihre Mutter fuchtelte mit den Händen in der Luft herum, damit der Nagellack schneller trocknete. »Wir fahren mit Papas Arbeitskollegen und dessen Frau. Da gehen wir nachher bestimmt noch irgendwo ein Gläschen Wein trinken – schlimm?«
»Schlimm? Quatsch!« Julia schüttelte heftig den Kopf. »Ich komm schon klar. Heute Abend läuft doch die Live-Übertragung des TVM-Musik-Awards. Die muss ich mir unbedingt ansehen.« Sie grinste. »Ich hatte schon Angst, dass ihr den Fernseher blockiert.«
»Aha, so ist das!« Nun grinste auch ihre Mutter. »Keine Sorge. Bis zwei Uhr morgens hast du heute *elternfrei!*«
Elternfrei!
Julia spürte, wie sich der dicke Sorgenklumpen in ihrem Magen ein wenig löste. Sie hatte Mailin fest versprochen bei Einbruch der Dunkelheit wieder zur Weide zu kommen und sich den ganzen Heimweg den Kopf darüber zerbrochen, wie sie ihren Eltern das erklären könnte. Das Musical kam wie gerufen.
»Und? Wann fahrt ihr los?«, fragte sie.
»Papas Kollege holt uns in einer Stunde ab«, erwiderte ihre Mutter, während sie vorsichtig prüfte, ob der Nagellack schon trocken war. »Wir müssen die Karten eine Stunde vorher abholen und brauchen auch eine Stunde hin. Ich hab dir eine Pizza zum Abendbrot herausgelegt. Ich hoffe, das ist okay. Du hattest heute ja noch nichts Warmes zu essen.«
»Pizza ist immer okay!« Julia ging zum Kühlschrank, öffnete ihn und nahm das Paket mit der Tiefkühlpizza

heraus. »Salami-Peperoni! Lecker! Die schiebe ich mir jetzt gleich in den Ofen. Ich habe einen Mordshunger.«

. . . und außerdem habe ich nachher keine Zeit, fügte sie in Gedanken hinzu.

Pünktlich um achtzehn Uhr fuhr eine dunkelblaue Limousine bei den Wiegands vor.

Julia verabschiedete sich an der Haustür von ihren Eltern und ließ geduldig die unzähligen Ermahnungen über sich ergehen, die ihre Mutter in solchen Fällen wie ein Uhrwerk abzuspulen pflegte.

»Du hast vergessen zu sagen, dass ich das Sicherheitsschloss abschließen soll«, fügte sie lachend hinzu, nachdem die Flut der Vergiss-Nicht und Denk-Daran über sie hinweggespült war.

»Stimmt!« Julias Mutter lachte. »Und wenn was ist – meine Handynummer steht auf einem Zettel beim Telefon.«

»Die Nummer weiß ich auswendig.« Julia verdrehte genervt die Augen. »Ich bin doch kein Baby mehr.«

»Das will deine Mutter aber nicht wahrhaben!«, mischte sich Julias Vater grinsend in das Gespräch ein. »Lass gut sein, Anette. Sonst kommen wir noch zu spät!«

»Also gut.« Anette Weigand seufzte. »Mach's gut, mein Schatz. Bis morgen.«

»Viel Spaß!« Julia winkte ihren Eltern nach und schaute dem Wagen nach, bis er von der Auffahrt gerollt war. Dann schloss sie die Tür, lehnte sich mit dem Rücken dagegen und atmete tief durch. Am liebsten wäre sie sofort aufs Rad gestiegen und wieder zu Mailin gefahren, wartete vorsichtshalber aber noch eine halbe Stunde, um ganz

sicher zu gehen, dass ihre Eltern nicht doch noch einmal zurückkamen, weil sie etwas vergessen hatten.
Aber es blieb ruhig. Und so machte sich Julia um halb sieben mit dem Rad noch einmal auf den Weg zum Danauer Forst.
Draußen schien die Sonne von einem wolkenlosen Himmel. Bei diesem schönen Wetter war es kein Wunder, dass in den Vorgärten der Häuser von Neu Horsterfelde noch viele Leute zu sehen waren. Manche arbeiteten in den Gärten, andere spielten mit ihren Kindern Federball oder Fußball und wieder andere saßen mit Freunden gemütlich beim Grillen und genossen den vorsommerlich warmen Abend.
Inzwischen kannte Julia fast alle mit Namen und grüßte freundlich, wenn sie vorbeifuhr. An der Bushaltestelle hatten sich ein paar Jugendliche aus den Nachbargemeinden mit ihren Motorrollern getroffen. Dennis und seine neue Freundin Janina waren auch dabei. Eng umschlungen standen sie etwas abseits, küssten sich leidenschaftlich und schienen die anderen völlig vergessen zu haben. Eines der Mädchen winkte Julia zu und lud sie ein zu ihnen zu kommen. Aber Julia lehnte ab. Der Anblick von Dennis und Janina machte sie wütend, außerdem war sie in Eile.
Schon bald lag Neu Horsterfelde hinter ihr. Zu beiden Seiten der Straße gab es nur noch Wiesen, Felder und ein paar einsam gelegene Häuser und Bauernhöfe. Ohne anzuhalten, strampelte Julia den lang gezogenen Hügel hinter dem Dorf hinauf und bog wenig später auf die schmale Straße ein, die zum Reiterhof Danauer Mühle und zum Danauer Forst führte. Hier ging es endlich ein

Stück bergab. Julia war völlig außer Atem. Sie ließ das Fahrrad rollen und genoss den Fahrtwind, der ihr erhitztes Gesicht kühlte. An der Abzweigung zur Danauer Mühle sauste sie geradeaus in den Wald.
Hier hörte der Teerbelag auf. Die Straße, die nur von Anliegern befahren werden durfte, bestand jetzt nur noch aus einer doppelten Reihe von Betonplatten, die dem Radstand eines Autos entsprechend parallel nebeneinander verliefen. Hufspuren im Sand neben und zwischen den Platten verrieten, dass dieser Weg häufig für Ausritte genutzt wurde.
Julia wählte die rechte Spur und trat wieder in die Pedale. Im Wald war es schattig und angenehm kühl. Obwohl es schon Abend war, waren auch hier noch eine Menge Leute unterwegs. Julia begegnete drei Reiterinnen, die sie von der Danauer Mühle kannte, und einer großen Gruppe Radfahrer, die scheinbar von einer längeren Tour kamen. Ein Mann ging mit seinem Hund spazieren und eine vierköpfige Gruppe rüstiger Seniorinnen versuchte sich unbeholfen im Nordic Walking.
Julia hielt an und tat, als sei ihr etwas ins Auge geflogen, während die munter schwatzenden Frauen vorbeigingen. Als sie außer Sicht waren, verließ Julia den Waldweg und bog auf den kleinen Trampelpfad ein, der zu Mailins Unterschlupf führte.
Zehn Minuten später erreichte sie den kleinen Jagdunterstand, in dem sich Mailin versteckte.
»Mailin?« Während sie ihr Mountainbike auf die kleine Hütte zuschob, blickte Julia sich aufmerksam um. Von Gohin war weit und breit nichts zu sehen und auch die Hütte wirkte verlassen.

»Mailin, wo steckst du?« Julia lehnte ihr Rad gegen einen Baum, lief zum Jagdunterstand und öffnete die Tür. Mailin war nicht da!

Der Schlafsack und die Isomatte lagen noch an ihrem Platz, aber von dem Elfenmädchen fehlte jede Spur.

»Oh, Mist!« Julia fluchte leise vor sich hin, während sie wieder zu ihrem Fahrrad lief. Sie war viel zu früh und konnte natürlich nicht erwarten, dass Mailin den ganzen Nachmittag bis zum Einbruch der Dunkelheit hier auf sie wartete. Aber dies war nun mal kein Tag wie jeder andere. Heute würde sich erfüllen, worauf Mailin schon seit Wochen wartete, und deshalb gab es nur einen Ort, wo Mailin sein konnte – das Anwesen von Anitas Eltern.

Beim Gedanken daran krampfte sich Julias Magen zusammen. Sie konnte nur hoffen und darauf vertrauen, dass Mailin nichts Übereiltes unternahm oder gar irgendwelche Dummheiten anstellte. Es durfte einfach nicht sein, dass nach all den Wochen jetzt noch etwas schief ging.

Schnell schob Julia ihr Rad im Laufschritt durch das Unterholz zurück zum Weg. Dort schwang sie sich auf das Fahrrad und bog wenig später auf den Weg ein, der zur Koppel führte, auf der sie Ninim zum letzten Mal gesehen hatte.

In gestrecktem Galopp jagte Fion durch den Wald auf sein Heimatdorf zu. Was der alte Heiler in den Erinnerungen der Stute gefunden hatte, war mehr, als er zu hoffen gewagt hatte. Er konnte es nicht erwarten, endlich den Heimweg anzutreten.
In seinem Elternhaus hielt er sich daher nicht mit langen Reden auf. Unter dem Vorwand, dass Mailin in höchster Gefahr sei, drängte er Eanna zum Aufbruch und tat alle verwunderten Fragen mit der Entschuldigung ab, dass sie keine Zeit verlieren dürften.
So machten sich Fion und Eanna mit den drei Pferden viel früher auf den Heimweg, als sie es geplant hatten. Im Galopp, der ihren Pferden das Letzte abverlangte, jagten sie auf den Hof des Königs zu, während die Sonne langsam unterging und der Tag unaufhaltsam verrann.

In letzter Sekunde

Julia war noch keine hundert Meter gefahren, als sie hinter sich das Motorengeräusch eines Auto hörte.
Julia erschrak. Das konnten nur die von der Heydes oder deren Angestellte sein. Vorsichtig warf sie einen Blick über die Schulter, doch der Wagen war hinter den Büschen, die zu beiden Seiten des gewundenen Weges standen, noch nicht zu erkennen.
Julia fuhr schneller. Sie wusste, dass sie den Privatweg nicht entlangfahren durfte, und fürchtete, dass man sie wieder ermahnen und fortschicken würde. Doch die Mühe war vergebens. Obwohl sie sich beeilte, hatte der Wagen sie kaum eine Minute später eingeholt.
Mit bangem Herzen lenkte Julia ihr Mountainbike auf den Grünstreifen neben dem Weg, damit das Auto vorbeifahren konnte. Sie hörte den Motor aufheulen und die Reifen knirschen, als der Wagen zum Überholen ansetzte, drehte sich aber nicht um. Verbissen starrte sie weiter geradeaus, während sie jeden Augenblick damit rechnete, dass der Wagen anhielt und der Fahrer sie wegen des Verstoßes zur Rede stellte.
Aber der erdfarbene Transporter, der einen Pferdeanhänger zog, fuhr vorbei, ohne sich um sie zu kümmern. Seltsam!
Julia runzelte die Stirn und warf einen Blick auf das Kennzeichen des Anhängers: ZW. Der Wagen kam aus Zwissau. Vermutlich ein Gast auf dem Weg zu den von

der Heydes. Julia fiel ein Stein vom Herzen. Doch die Erleichterung währte nicht lange. Denn als der Transporter um eine lang gezogene Kurve fuhr, konnte sie die Aufschrift lesen, die auf den Seiten stand:
»TKV – Zwissau«.
»TKV! Oh nein!« Julias Hände krampften sich um den Lenker. Sie hatte diesen Wagen schon einmal gesehen. Vor mehr als einem Jahr hatte er auf dem Hofplatz der Danauer Mühle gestanden und ein totes Pony abgeholt, das in der Nacht an einer Kolik gestorben war.
TKV war die Abkürzung für die Tierkörperverwertung in Zwissau. Dass der Wagen jetzt und hier auftauchte, konnte nur eines bedeuten ...
Plötzlich hatte Julia es mehr als eilig. Keuchend hastete sie über den sandigen Pfad, bis sie den weißen Lattenzaun der Pferdekoppel zwischen den glatten Buchenstämmen hindurch erkennen konnte. Sie versteckte ihr Mountainbike hinter einem Strauch und bahnte sich zu Fuß einen Weg durch das Gebüsch. Ihr Atem ging schnell und stoßweise. Sie hatte furchtbare Seitenstiche und spürte, wie ihr die dornigen Brombeerranken die Arme zerkratzten, aber das kümmerte sie nicht. In ihrem Kopf gab es nur einen Gedanken: Ich darf nicht zu spät kommen.
Zwanzig Meter von der Weide entfernt, verlangsamte sie das Tempo. Wer so wie sie durch den Wald stürmte, machte einen ziemlichen Krach und konnte schnell entdeckt werden. Ein Risiko, das sie nicht eingehen wollte. Immerhin war es gut möglich, dass sich bei der Pferdekoppel Leute aufhielten. Sie musste vorsichtig sein.
Langsam schlich sie auf den Waldrand zu und spähte auf

die Wiese hinaus. Die beiden Haflinger grasten friedlich am anderen Ende der Wiese, aber von dem Elfenpferd war nichts zu sehen.

Sie haben es schon geholt, schoss es Julia durch den Kopf und sie spürte, wie sich eine tiefe Verzweiflung in ihr breit machte. Ich bin zu spät!

Vorsichtig schlich sie weiter und suchte Schutz hinter einer dicken Buche, die nur zwei Meter vom Weidezaun entfernt am Waldrand wuchs.

»Aua! Pass doch auf!«

Das war Mailins Stimme. Julia schaute sich um, konnte das Elfenmädchen aber nirgends entdecken.

»Mailin?«, fragte sie flüsternd. »Mailin? Wo bist du?«

»Na hier!« Vor dem Baumstamm zeichnete sich langsam die Gestalt des Elfenmädchens ab. »Glaubst du, ich lasse zu, dass man mich hier entdeckt?«

»Nee, natürlich nicht.« Schnaufend wischte sich Julia mit dem Unterarm den Schweiß von der Stirn. »Aber du hättest mich wenigstens warnen können, ehe ich dich über den Haufen renne.« Sie beugte sich vor und stützte sich mit den Händen auf den Knien ab, damit sich ihr keuchender Atem beruhigte und die Seitenstiche verschwanden. »Wo ist die Stute?«, fragte sie. »Hast du sie gesehen?«

»Ja, hab ich.« Mailin nickte. »Sie war hier.«

»War?« Julia hatte das Gefühl, als ob sich ein eiserner Ring um ihre Brust legte, der sich langsam zusammenzog. »Wo ist sie jetzt?«

»Dahinten.« Mailin deutete in Richtung der Stallungen. »Eine Frau und ein Mann sind vorhin auf die Weide gekommen und haben sie mitgenommen. Jetzt stehen sie da vorne neben der braunen pferdelosen Kutsche am Gatter.«

»Der braune Wagen ist schon da?« Panik schwang in Julias Stimme mit. Mit einem Schlag waren Erschöpfung und Seitenstiche vergessen. Sie wagte sich einen Schritt aus dem Wald heraus und reckte den Hals. »Wo denn?«

»Von hier kannst du es nicht sehen. Du müsstest schon auf die Wiese hinausgehen«, erklärte Mailin. Dann runzelte sie die Stirn und fragte: »Warum bis du denn so aufgeregt? Ninim wird sicher gleich wieder zurückkommen. Sobald es dunkel ist, nehme ich sie dann ...«

»Nein, das wird sie nicht!« Julias Stimme überschlug sich fast, so aufgeregt war sie. »Der braune Wagen ...«, stieß sie hervor. »Du hast doch bestimmt auch den Pferdeanhänger gesehen ... Sie wollen Ninim fortbringen! Jetzt!«

»Heilige Mutter Mongruard, sag, dass das nicht wahr ist!« Mailin erbleichte und schaute Julia flehend an. Doch diese schüttelte nur den Kopf und murmelte: »Tut mir Leid, Mailin, aber ich fürchte, das ist die Wahrheit.«

»Das .... das dürfen wir nicht zulassen!« Mailin rang hilflos die Hände. »Wir müssen ihr doch helfen – irgendwie.«

»Ja, aber was können wir denn tun?« Auch Julia war ratlos. »Wir können doch nicht einfach da hingehen und verlangen, dass sie uns das Pferd übergeben. Anitas Eltern würden mich sofort erkennen. Sie dürfen mich auf keinen Fall sehen.«

»Dann schaue ich eben nach, was da vorne los ist.« Mailin machte ein verschlungenes Handzeichen und war gleich darauf nicht mehr zu sehen. »Warte hier!«, ertön-

te ihre Stimme wie aus dem Nichts. »Ich bin gleich zurück!«
Es raschelte im Gebüsch, dann war Julia allein. Die folgenden drei oder vier Minuten erschienen ihr wie eine kleine Ewigkeit, dann endlich kehrte Mailin zurück. »Die Frau und die Männer stehen noch auf der Koppel«, erklärte sie, während sich ihre Gestalt langsam wieder vor dem Hintergrund der Bäume abzeichnete. »Die Frau hält Ninim am Halfter. Sie sieht sehr unglücklich aus und will die Stute nicht fortgeben. Der Mann ist sehr verärgert und redet eindringlich auf sie ein, während die beiden Männer der pferdelosen Kutsche nur warten. Wenn du mich fragst, ist es nur noch eine Frage von Minuten, bis die Frau ihren Widerstand aufgibt.«
»Dann haben wir verloren.« Julia blickte ihre Freundin traurig an. »Oh, Mailin. Das darf nicht sein. Wir waren so nahe am Ziel!«
»So schnell gebe ich nicht auf.« Auf dem Gesicht des Elfenmädchens zeigte sich ein entschlossener Ausdruck. »Ich habe Ninim das eingebrockt und lasse sie nicht im Stich!«
»Aber was willst du tun?«, fragte Julia mutlos. »Den Wagen der TKV Zwissau überfallen, wenn er den Waldweg entlangfährt?« Sie lachte bitter und schüttelte den Kopf. »Vergiss es. Das klappt nie!«
»Das stimmt, aber . . .« Mailin stieß einen leisen Pfiff aus. ». . . vielleicht klappt etwas anderes.«
Zwischen den Bäumen raschelte es. Sekunden später stand Gohin neben Mailin und stupste sie sanft mit der Nase an. Er trug weder ein Halfter noch die eigentümliche sattelähnliche Decke, die Mailin für gewöhnlich zum

Reiten verwendete, und sah ganz so aus wie ein Pferd, das aus dem Stall oder von einer Koppel ausgerissen war. Mailin streckte ihrem treuen Begleiter und Seelengefährten die Hand entgegen und strich ihm liebevoll über das weiße Fell.

»Jetzt kommt es ganz auf dich an, mein Freund«, flüsterte sie. »Du allein kannst Ninim noch retten!«

Gohin schnaubte leise und neigte den Kopf, als würde er jedes Wort, das Mailin zu ihm sprach, genau verstehen. So leise, dass Julia es nicht hören konnte, raunte das Elfenmädchen ihm ein paar Anweisungen zu, dann gab sie ihm einen liebevollen Klaps auf den Hals und sagte laut: »Jetzt lauf, mein Freund! Meine Hoffnungen ruhen allein auf dir.«

Gohin schnaubte und nickte leicht mit dem Kopf. Dann ging er so weit rückwärts in den Wald, wie es ihm das dornige Unterholz erlaubte, galoppierte an und setzte mit einem mächtigen Sprung über den Weidezaun hinweg.

Sein stürmisches Wiehern erfüllte die Luft und hallte über die Wiese, während er mit wehender Mähne auf die kleine Menschengruppe zupreschte, die am geöffneten Gatter in der Nähe des Pferdeanhängers stand.

Die Frau und die drei Männer blickten überrascht auf das fremde weiße Pferd, das da über die Wiese auf sie zukam. Die weiße Stute hob den Kopf, wieherte freudig und zerrte am Halfter, aber die Frau hielt sie fest.

Gohin preschte weiter. Die Wiese flog unter seinen Hufen dahin. Binnen weniger Augenblicke hatte er mehr als die Hälfte der Strecke zurückgelegt und hielt unbeirrt weiter auf die Menschen zu.

Die drei Männer brachten sich mit einem Satz hinter dem Weidezaun in Sicherheit. Die Frau wollte ebenfalls flüchten, hatte aber alle Mühe, Ninim festzuhalten. Die Stute stieg immer wieder mit den Vorderhufen und zerrte wie wild am Halfter. Als einer der Männer versuchte der Frau zu helfen, wurde er mit voller Wucht von einem Huf am Bein getroffen. Er schrie vor Schmerz auf und stürzte zu Boden.
Ninim bäumte sich auf, schlug mit den Hufen und schnappte mit gebleckten Zähnen nach dem Arm der Frau. Diese wich entsetzt zurück. Der Führstrick entglitt ihren Händen. Sie versuchte ihn wieder zu greifen, doch in diesem Augenblick war Gohin da. Der weiße Hengst baute sich drohend vor den Menschen auf, wieherte und stieg. Dann drehte er sich um und galoppierte wieder auf die Wiese hinaus. Ninim setzte ihm nach.
Fassungslos starrten die Menschen den beiden weißen Pferden nach, die über die Wiese auf den weißen Lattenzaun zujagten, ohne zu zögern mit einem Sprung darüber hinwegsetzten und im Wald verschwanden.

»Cool!« Julia hatte Gohins Rettungsaktion gebannt verfolgt. »Das war wirklich in allerletzter Sekunde.«
»Komm!« Mailin zupfte ihre Freundin am Sweatshirt. »Hier wimmelt es bestimmt gleich von Leuten, die nach den Pferden suchen. Es ist besser, wir verschwinden.«
»Und die Pferde?«, fragte Julia. »Müssen wir nicht auf sie warten?«
»Nicht nötig. Gohin bringt Ninim zum Jagdunterstand«, erwiderte Mailin grinsend. »Da werden sie sie so

schnell bestimmt nicht suchen. Und wenn, dann sind wir längst weg.«

»Dann lauf du schon mal vor«, meinte Julia. »Ich komme gleich nach. Mein Rad steht noch da vorne hinter einem Strauch. Ich muss es unbedingt holen, bevor es entdeckt wird. Wir treffen uns dann am Unterstand – okay?«

Ein Abschied und eine Überraschung

Zwanzig Minuten später erreichte Julia den kleinen verwitterten Jagdunterstand, den sie kaum eine Stunde zuvor verlassen vorgefunden hatte.
Mailin, Gohin und Ninim standen im schwindenden Tageslicht vor der kleinen Hütte. Die Stute graste friedlich, während das Elfenmädchen gerade dabei war, die sattelähnliche Decke auf Gohins Rücken festzuzurren. Sie trug nun wieder ihre typische Elfenkleidung aus weichem hellem Leder.
»Wir sind so weit«, verkündete sie mit deutlicher Vorfreude in der Stimme, als sie Julia kommen sah. »Es kann losgehen. Deinen Schlafsack und die Isomatte habe ich zusammengerollt. Sie liegen noch in der Hütte. Die Kleidung, die du mir geliehen hast, habe ich in einen dieser knisternden Beutel gesteckt.«
»Du bist aber schnell.« Julia versuchte locker zu klingen, aber der unmittelbar bevorstehende Abschied von Mailin schnürte ihr die Kehle zu. Um sich abzulenken, stieg sie vom Rad und schob es auf den Unterstand zu. »Ich nehme die Sachen gleich mit, damit sie hier nicht gefunden werden«, erklärte sie und lehnte ihr Rad an die Wand des Jagdunterstands. »Bestimmt werden sie morgen auch hier nach dem Pferd suchen.« Sie grinste. »Ich sehe schon die Schlagzeile im Zwissauer Tageblatt: *»Geisterpferd entführt Stute von der Weide«*. Das wird

sicher so manchem ein Rätsel aufgeben, besonders wenn die Stute verschwunden bleibt.« Sie ging in den Unterstand und kam gleich darauf mit den Sachen zurück. Nachdem sie Schlafsack und Isomatte auf dem Gepäckträger befestigt hatte, schob sie ihr Rad auf Mailin zu, die schon aufgesessen war und Ninim am Führstrick hielt. Die große Tüte mit den Kleidungsstücken baumelte am Lenker.

»Kannst du so fahren?« Mailin blickte besorgt auf das völlig überladene Fahrrad.

»Ich fahre nicht, ich schiebe«, erwiderte Julia. »Wir müssen im Wald bleiben. Wenn uns jemand mit dem Pferd sieht, kommen wir in Teufels Küche. Dann war Gohins heldenhafter Einsatz völlig umsonst.«

»In eine Teufelsküche?« Mailin schaute Julia verständnislos an. »Wieso denn das?«

»Ach, das sagt man doch nur so!« Julia umfasste den Lenker fest mit beiden Händen und machte ein paar Schritte in den Wald hinein. »Das kann ich dir jetzt nicht erklären. Auf jeden Fall darf uns niemand sehen. Komm jetzt, wir müssen uns beeilen, sonst ist es bald ganz dunkel!«

Der Weg querfeldein durch den Danauer Forst war mühsamer und beschwerlicher als alles, was Julia bisher erlebt hatte. Obwohl Mailin ihr die prall gefüllte Plastiktüte abnahm, musste sie immer noch viel Kraft darauf verwenden, ihr Mountainbike über das unwegsame Gelände zu schieben. Immer wieder verhakten sich Dornenranken in dem Schlafsack auf dem Gepäckträger und kleine Äste verfingen sich in den Speichen. Schon nach ein paar hundert Metern war Julia so erschöpft, dass sie das Fahrrad am liebsten einfach stehen gelassen hätte. Allein die Furcht, dass die Polizei es finden und mit dem verschwundenen Pferd in Verbindung bringen könnte, hinderte sie daran, dem verlockenden Gedanken nachzukommen. So quälte sie sich weiter durch das Unterholz, während das Licht immer schneller schwand und die Hindernisse nur noch als undeutliche Schemen zu erkennen waren. Julia hatte die Orientierung bald völlig verloren. Der Danauer Forst erschien ihr ohne die vertrauten Wege und noch dazu in der Dämmerung so fremd und unheimlich wie der Wald aus einem Horrorfilm. Zu ihrer großen Erleichterung waren die weißen Pferde im Dunkeln gut zu erkennen und so verließ sie sich ganz auf Mailin, die auch nachts noch gut sehen konnte und Gohin so zielstrebig durch das Unterholz lenkte, als könne sie den Weg zum Weltentor auch im Schlaf finden.

Zweimal sahen sie durch die Bäume die Lichter eines Autos, das so langsam fuhr, als würden die Insassen im Wald nach etwas suchen. In der Dämmerung war nicht zu erkennen, ob es sich um irgendein Auto oder den Van von Anitas Vater oder gar einen Polizeiwagen handelte. Mailin und Julia blieben beide Male sofort stehen, um keine verdächtigen Geräusche zu machen, doch die Autos fuhren weiter und schienen sie nicht bemerkt zu haben.

Julia war heilfroh, als sie die gekreuzten Buchenstämme erreichten und sie ihr Fahrrad endlich wieder auf festem Boden schieben konnte. Verschwitzt folgte sie Mailin bis vor die beiden jungen Bäume.

»Ist . . . ist es noch da?«, fragte sie um Atem ringend, während sie ihr Rad an einen Baumstamm lehnte.
»Ja!« Es war nicht zu übersehen, wie glücklich Mailin war. »Es ist noch offen. Ich kann endlich heim.«
»Das freut mich für dich.« Julia gelang ein Lächeln, aber tief in sich verspürte sie eine große Trauer.
»Du musst nicht traurig sein«, sagte Mailin in diesem Augenblick, als hätte sie Julias Gedanken gelesen. »Wenn es mir tatsächlich gelingt, Lavendras finstere Pläne zu enthüllen, und Enid ihren rechtmäßigen Platz an der Seite des Königs wieder einnehmen kann, wird sie sicher dafür sorgen, dass ich dich auch weiterhin – und dann ganz legal – besuchen kann. Es gibt so vieles, das wir dir und deiner Welt verdanken, dass sich der König meinem Wunsch sicher nicht verschließen wird.« Sie schwang sich geschmeidig von Gohins Rücken, trat vor ihre Freundin und ergriff deren Hände. »Du hast so viel für mich getan, Julia«, sagte sie in aufrichtiger Dankbarkeit. »Ich weiß gar nicht, wie ich das jemals wieder gutmachen kann. Ich kann dir natürlich nichts versprechen, aber selbst wenn wir uns nicht wiedersehen, werde ich dich immer in meinem Herzen tragen und nie vergessen.«
»Ich werde dich auch niemals vergessen.« Julia schlang die Arme um ihre Freundin und drückte sie fest an sich, während sie gegen die Tränen ankämpfte, die ihre Augen füllten. »Pass auf dich auf Mailin«, sagte sie. »Ich wünsche dir viel Glück und viel Erfolg.«
»Danke!« Überwältigt von Julias heftigem Gefühlsausbruch, fehlten Mailin die Worte. Auch sie war traurig, Julia verlassen zu müssen, doch ihre Freude auf die bal-

dige Heimkehr überwog und ließ nur wenig Raum für trübe Gedanken. »Wenn du meine Hilfe brauchst, hast du ja immer noch den Ring«, murmelte sie verlegen, weil sie das Gefühl hatte, etwas Tröstliches sagen zu müssen. »Mach dir um mich keine Sorgen. Wir sehen uns wieder – ganz bestimmt.« Sie lächelte, löste sich aus Julias Umarmung und schwang sich wieder in den Sattel. Dann schnalzte sie leise mit der Zunge und ritt, Ninim am Zügel mit sich führend, durch das Tor.

Julia sah ihr nach, bis auch das letzte Härchen von Ninims Schweif in dem eigentümlichen Spiralnebel unter den Buchenstämmen verschwunden war.
Dann war sie allein. Allein mit ihren Gedanken und Gefühlen, die immer noch nicht richtig begriffen, dass ihr Abenteuer mit Mailin jetzt und hier zu Ende war. Nach der langen, aufregenden, aber auch schönen Zeit, die sie in diesem Frühjahr mit Mailin hatte verbringen dürfen, erschien ihr der Abschied viel zu überstürzt und irgendwie unangemessen. Und die Endgültigkeit wurde ihr nur ganz allmählich bewusst.
Julia seufzte leise. Mailin war fort und Ninim in Sicherheit! Das war das Wichtigste. Nun musste sie nicht mehr jeden Tag in den Danauer Forst reiten oder fahren, um ihre Freundin mit lebenswichtigen Dingen zu versorgen. Nun musste sie endlich keine Ausreden mehr erfinden, wenn sie von zu Hause fortging.
Alles war wieder normal.
Die Verantwortung, die ihr manches Mal fast zu viel erschienen war, lastete nicht mehr auf ihr.
Sie war frei.

Sie hätte froh und erleichtert sein können, aber sie war es nicht. Alles, was sie spürte, war eine große Leere und tiefe Traurigkeit. Julia seufzte erneut, diesmal etwas lauter, wischte eine Träne fort und sah noch einmal zu dem Weltentor hinüber. Der Spiralnebel war kaum noch zu sehen. Nur ein Dunstschleier hing noch zwischen den jungen Buchen – und auch dieser verblasste rasch. Das Tor hatte sich geschlossen. Es machte keinen Sinn, hier noch länger herumzustehen.

Julia hob den Arm und blickte auf ihre Armbanduhr. Sie hatte keine Ahnung, wie spät es war, doch in der Dunkelheit konnte sie die Ziffern nicht erkennen. Julia versuchte die Uhrzeit zu schätzen, indem sie sich in Erinnerung rief, wie lange es schon dunkel war. Eine Stunde gewiss, vielleicht auch zwei. Sicher war es schon weit nach zweiundzwanzig Uhr. Es wurde höchste Zeit, nach Hause zu fahren.

Julia wandte sich um und ging zu ihrem Fahrrad, das im Dunkeln kaum zu sehen war. Warum hatte sie nicht daran gedacht, eine Taschenlampe mitzunehmen? Den Weg zur Straße würde sie von hier aus zwar mit geschlossenen Augen finden, aber ohne Mailin erschien ihr der Wald plötzlich fremd und unheimlich.

Schnell stolperte sie zu ihrem Mountainbike. Die große Plastiktüte hängte sie wieder an den Lenker und schob das Rad vorsichtig durch das Gestrüpp zum Waldweg.

»Julia? Julia, bist du hier?«

Julia hielt erschrocken inne. Rief da nicht jemand ihren Namen?

»Julia! Juuuuuulia!«

In der Ferne erkannte sie die Lichtkegel zweier Ta-

schenlampen, die zwischen den Bäumen umherhuschten. Wer mochte das sein?
Julia wagte nicht sich zu bewegen. Wie gebannt starrte sie den Lichtern entgegen und lauschte auf die Stimmen, die zunächst leise und dann immer deutlicher durch den nächtlichen Wald hallten.
»Julia, wo bist du? So antworte doch!«
Das war eindeutig eine Frauenstimme. Eine Stimme voller Sorge – die Stimme ihrer Mutter!
»Julia? Juuuulia!«
Und das war ohne Zweifel ihr Vater! Was um alles in der Welt machten die beiden hier?
Julia schlug das Herz bis zum Hals, während sie das Rad zögernd auf den Waldweg hinausschob und mit verhaltener Stimme antwortete: »Mum? Paps? Ich bin hier!«
»Martin! Hast du das gehört? Das ist Julia!« Die Stimme ihrer Mutter überschlug sich fast, so aufgeregt war sie. »Julia!«, rief sie wieder, so laut sie konnte. »Kind, wo bist du?«
»Hier auf dem Weg.« Die Worte entschlüpften Julia wie von selbst. Im ersten Augenblick war sie so verwirrt und überrascht, ihre Eltern mitten in der Nacht im Danauer Forst anzutreffen, dass sie sich keine Gedanken über die absurde Situation machte. Aber je weiter sie ihr Mountainbike auf die Lichtkegel der Taschenlampen zuschob, desto mulmiger wurde ihr.
Warum waren ihre Eltern schon zurück? War es vielleicht doch schon viel später, als sie vermutet hatte? Was würden sie dazu sagen, ihre Tochter allein mitten in der Nacht im Wald vorzufinden? Das würde bestimmt Ärger geben, ganz abgesehen davon, dass sie ja auch noch

eine vernünftige Erklärung für ihr unvernünftiges Verhalten abliefern musste. Und dann waren da ja noch der Schlafsack und die Plastiktüte mit der Kleidung und den restlichen Lebensmitteln von Mailin!
Plötzlich hatte Julia das Gefühl, eine große Dummheit begangen zu haben. Es wäre viel vernünftiger gewesen, wenn sie nicht auf die Rufe geantwortet, sondern erst einmal in Ruhe nachgedacht hätte. Zumindest hätte sie die Tüte und den Schlafsack irgendwo im Gebüsch verstecken können, um peinliche Fragen zu vermeiden.
Doch dafür war es jetzt zu spät. Noch bevor sie die Gedanken zu Ende geführt hatte, streifte der Schein einer Taschenlampe ihr Gesicht.
»Julia!« Der Tonfall ihrer Mutter kam einem Aufschrei gleich. Mit weit ausgebreiteten Armen lief sie auf Julia zu.
»Julia, Kind!« Glücklich schloss Anette Wiegand ihre Tochter in die Arme. Sie trug noch immer das festliche Kleid, das sie für den Musicalbesuch angezogen hatte, aber ihre kunstvoll hochgesteckte Frisur war aufgelöst und sie war barfuß. Die Riemchenpumps mit den hohen Absätzen hielt sie in der einen, die Taschenlampe in der anderen Hand, während sie Julia so fest an sich drückte, als hätte sie ihre Tochter soeben aus einer lebensgefährlichen Lage befreit.
»Oh, Julia!«, stieß sie atemlos hervor. »Ich habe mir ja solche Sorgen um dich gemacht. Geht es dir gut?«
»Vielleicht erkundigst du dich erst mal, was Madam hier mitten in der Nacht zu suchen hat?«, mischte sich Martin Wiegand mit mühsam unterdrücktem Zorn in das Gespräch ein, ehe Julia die Frage ihrer Mutter beant-

worten konnte. »Wir fragen Hinz und Kunz nach ihr, scheuchen Frau Deller auf und sind drauf und dran, auch noch die Polizei zu alarmieren. Und unsere Tochter spaziert hier herum, als sei nichts geschehen. Also? Ich warte!«

Julia schluckte. Sie wusste, dass sie jetzt ganz schnell etwas sehr Glaubhaftes sagen musste, sonst hatte sie verloren. Aber was? »Ich ... ich wollte allein sein!«, brachte sie schließlich halbherzig hervor und fügte hinzu: »Aber was ... was macht ihr denn hier? Wie ... wie spät ist es denn?«

»Es ist fast elf«, ergriff ihre Mutter hastig das Wort, ehe Julias Vater etwas erwidern konnte. »Wir suchen dich aber schon seit zwei Stunden. Das Musical ist abgesagt worden, weil es kurz vor Einlass hinter der Bühne einen Schwelbrand gab. Das ganze Theater hat furchtbar nach verbranntem Plastik gestunken. Das konnte man bis ins Foyer hinein riechen.«

»Ja, Anette! Am besten du erzählst ihr auch noch von der roten Ampel in Zwissau!« So wütend hatte Julia ihren Vater noch nie erlebt. »Himmel noch mal! Es ist völlig nebensächlich, warum wir jetzt schon hier sind! Viel wichtiger ist es, zu erfahren, warum sich unsere Tochter nachts heimlich aus dem Haus schleicht und allein im Wald herumtreibt!« Er trat neben das Fahrrad und deutete auf den Schlafsack und die Isomatte, die zusammengerollt auf dem Gepäckträger lagen. »Das sieht mir ganz so aus, als hättest du vorgehabt, die Nacht im Freien zu verbringen. Oder ist es bei euch jetzt trendy, eine Survival-Ausrüstung mit sich herumzuschleppen?« Er hob die Taschenlampe und leuchtete Julia mitten ins

Gesicht. »Mein liebes Fräulein«, sagte er in einem Ton, der Böses ahnen ließ. »Ich hoffe sehr, du hast für all das hier eine vernünftige Erklärung.«

Die hatte Julia natürlich nicht. Verbissen kaute sie auf der Unterlippe und suchte nach den richtigen Worten.

»Weißt du eigentlich, wie viel Sorgen wir uns gemacht haben?«, fuhr ihr Vater fort. »Deine Mutter war schon ganz krank vor Kummer. Alle deine Freundinnen haben wir angerufen und in der Nachbarschaft herumgefragt. Als wir dann hörten, dass man dich am Abend in Richtung Reiterhof radeln gesehen hat, sind wir sofort zur Danauer Mühle gefahren und haben nachgeschaut, ob du bei Spikey bist. Also spar dir die Lügen. Ich will die Wahrheit wissen. Hörst du? Die Wahrheit!«

»Martin.« Anette Wiegand fasste ihren Mann beschwichtigend am Arm, aber der war viel zu aufgebracht, um sich zu beruhigen. Alle Sorgen und aller Kummer der vergangenen Stunden brachen auf einmal aus ihm hervor und gipfelten in einem Wutgewitter, das sich mit voller Wucht über Julia entlud.

Julia ließ es schweigend über sich ergehen. Es gab keine Wahrheit, die sie ihren Eltern hätte erzählen können, und auch keine glaubwürdige Erklärung für ihr Verhalten. Sie fühlte sich ertappt und überrumpelt und hatte ein furchtbar schlechtes Gewissen, weil sich ihre Eltern ihretwegen so viele Sorgen gemacht hatten. Fieberhaft überlegte sie, wie sie die heikle Situation retten konnte. Doch da ihr nichts Besseres einfiel, ging sie in ihrer Verzweiflung kurzerhand zum Angriff über. »Die Wahrheit?«, brauste sie trotzig auf, als sei nicht ihren Eltern, sondern ihr ein Unrecht widerfahren. »Ihr wollt die Wahrheit von mir wissen? Ausgerechnet ihr, die ihr mir schon seit Wochen etwas verschweigt und mich belügt?« In einer schauspielreifen Leistung gelang es ihr, die Worte mit einem verzweifelten Schluchzen zu unterstreichen.

»Wir? Wir belügen dich?« Ihre Mutter war fassungslos. »Aber Kind! Wie um alles in der Welt kommst du auf so einen Gedanken? Wir würden dich doch nie ...«

»Ach nein? Wirklich nicht?!« Julia legte allen Trotz und alle Wut, die sie in diesem Augenblick aufbringen konnte, in ihre Stimme. »Wie oft habe ich dich denn gefragt, was Frau Meinert von dir wollte? Und wie oft hast du geantwortet, es sei nichts. Mach dir keine Sorgen, mein Kind, hast du gesagt – keine Sorgen! Pah! Ich weiß Bescheid! Ich weiß genau, was ihr mir die ganze Zeit verheimlicht. Anita hat mich heute Abend angerufen und es mir brühwarm und voller Schadenfreude erzählt.« Plötzlich sprudelten die Worte nur so aus ihr heraus. Wie von selbst fügten sich die Begebenheiten der vergangenen Wochen zu einer ganz eigenen Geschichte zusammen, die sie vor der drohenden Standpauke retten konnte. »Susanna will Spikey verkaufen! Sie weiß es, Frau Deller weiß es und auch ihr wisst es schon seit Wochen. Nur ich bin völlig ahnungslos, weil ihr es mir nicht erzählt habt!« Julia schluchzte – und diesmal war es echt. Sie hatte sich immer mehr in Rage geredet. Aller Kummer, den sie schon seit Wochen unterdrückt hatte, brach aus ihr heraus.

»Ich wollte zu ihm! Zu Spikey«, presste sie hervor. »Das ist alles so furchtbar ungerecht. Ich wollte die Nacht mit Spikey verbringen. Aber er war nicht auf der Weide und die Stalltür war abgeschlossen. Da bin ich in den Wald gefahren, weil . . . weil . . .«, sie schluchzte erneut. »Ihr . . . ihr seid so gemein, dass ihr mir das verheimlicht habt. Ihr wisst doch, dass ich Spikey über alles liebe und dass ich mir immer wieder Sorgen darüber gemacht habe, dass man ihn mir wegnehmen könnte. Da . . . da dachte ich, es wäre nur gerecht wenn ihr euch auch mal eine Nacht lang um mich sorgt, damit ihr versteht, was es bedeutet, das zu verlieren, was man liebt.«

»Julia!« Bestürzt schloss Anette Wiegand ihre Tochter noch einmal in die Arme. »Oh, Julia, warum hast du mir denn nichts davon erzählt? Ich hatte ja keine Ahnung, was vorgefallen ist. Wer konnte denn ahnen, dass Anita zu solch einer Gemeinheit fähig ist.« Liebevoll strich sie Julia über das lange braune Haar. »Beruhige dich, Kind!«, sagte sie sanft. Es ist alles ganz anders, als du denkst.«

»Spikey soll also nicht verkauft werden?« Julia horchte auf.

Aber ihre Mutter schüttelte nur den Kopf. »Nein, das stimmt. Susanna überlegt schon seit ein paar Monaten, ob sie Spikey nicht besser verkaufen sollte. Sie ist inzwischen fast erwachsen und hat ganz andere Interessen. Ich wollte dich damit aber nicht belasten, gerade weil ich weiß, wie sehr du an dem Pony hängst. Weißt du, Paps und ich haben lange überlegt und dann Frau Meinert ein Angebot gemacht, um Spikey für dich zu kaufen.«

»Ihr . . . ihr wollt Spikey kaufen? Für mich?« Julia konnte nicht glauben, was sie da hörte. »Aber ihr . . . ihr habt doch immer gesagt, eine eigenes Pferd käme für mich nicht . . .«

»Nun ja. Damit meinten wir natürlich irgendein Pferd.« Im Licht der Taschenlampe konnte Julia erkennen, dass ihre Mutter lächelte. »Mit Spikey ist das doch was ganz anderes. Glaub mir, wir hätten zu gern schon früher mit dir darüber gesprochen, aber leider waren wir nicht die einzigen Interessenten. Frau Meinerts Nachbarin wollte Spikey unbedingt für ihre Tochter kaufen und eine befreundete Familie der Meinerts wollte ihn für ihren Sohn. Wir konnten leider nicht so viel Geld bieten wie die anderen und ...«

»Heißt das, Spikey wird an jemand anderen verkauft?« Julia zitterte, als sie das sagte, so sehr fürchtete sie sich vor der Antwort.

»... wir wollten dich nicht mit dem ganzen Hin und Her belasten.« Ihre Mutter sprach unbeirrt weiter. »Nur deshalb haben wir dir nichts davon erzählt. Es steckte wirklich keine böse Absicht dahinter. Wir wollten damit nur verhindern, dass du dir unnötig Sorgen oder gar falsche Hoffnungen machst – verstehst du das?«

»Ja! Nein! Ach, irgendwie verstehe ich gar nichts mehr.« Julia fuhr sich mit den Händen müde über das Gesicht. »Was bringt es denn, wenn ihr mich da raushaltet und am Ende kommt dann das bittere Erwachen? Hilft mir das etwa weiter?«

»Nun, vielleicht ist das Erwachen am Ende ja gar nicht so bitter«, mischte sich Julias Vater wieder in das Gespräch ein. Er hatte den Wortwechsel zwischen Mutter und Tochter aufmerksam verfolgt und klang nun gar nicht mehr wütend. »Hast du die Flasche Champagner im Kühlschrank nicht gesehen?«

»Doch schon, aber ich dachte, die sei ...«

»Falsch gedacht.« Martin Wiegand trat vor, legte die Hände auf die Schultern seiner Tochter und blickte sie feierlich an. »Damit wollten deine Mutter und ich morgen eigentlich ganz nobel mit Susanna, ihrer Mutter und dir anstoßen, wenn die Meinerts mit dem Kaufvertrag zu uns kommen.«

... wenn die Meinerts mit dem Kaufvertrag zu uns kommen.

Nur ganz allmählich begriff Julia, was ihr Vater da gerade gesagt hatte. »Ihr ... ihr habt Spikey gekauft? Echt jetzt?«, fragte sie so vorsichtig, als fürchte sie, das sei alles nur ein Scherz oder ein wunderschöner Traum.

»Ja, das haben wir«, verkündete ihr Vater stolz und ihre Mutter fügte hinzu: »Wir konnten für Spikey zwar nicht so viel Geld bieten wie die anderen, aber wir hatten wohl die besseren Argumente.« Im Schein der Taschenlampe sah Julia, wie ihr Mutter lachte. »Und jetzt lasst uns endlich nach Hause gehen. Ich habe furchtbar kalte Füße. Vor dem Kamin können wir bei einer Tasse Tee dann meinetwegen noch die ganze Nacht über dich und DEINEN Spikey sprechen.«

Eine böse Überraschung

Das Erste, was Mailin hörte, als sie aus der dunklen und kalten Welt zwischen den Toren ritt, war Enids erleichterte Stimme: »Mailin! Der heiligen Mutter Mongruard sei Dank, du bist wohlauf!« Die verbannte Elfenpriesterin stand am Ufer des Weihers und blickte ihr erleichtert entgegen.

»Ehrwürdige Enid, es tut gut, Euch zu sehen.« Mailin lenkte Gohin und Ninim aus dem Weiher, schwang sich aus dem Sattel und deutete eine höfliche Verbeugung an. »Ich danke Euch, dass Ihr das Tor noch einmal für mich geöffnet habt«, sagte sie glücklich. »In der Welt der Menschen sind Wochen vergangen und ich fürchtete schon, ewig dort bleiben zu müssen.«

»Unsinn! Ich lasse dich doch nicht im Stich.« Enid schloss Mailin für einen kurzen Augenblick lächelnd in die Arme, wurde dann aber gleich wieder ernst. »Wie ist es dir ergangen? Hat dich jemand gesehen?«

Mailin schüttelte den Kopf. »Julia hat sich um mich gekümmert«, erklärte sie. »Sie hat mich an einem sicheren Ort versteckt und mich mit allem versorgt, was ich zum Leben brauchte. Niemand hat mich gesehen und keiner Verdacht geschöpft.«

»Du hast wirklich eine bemerkenswerte Freundin.« Enid nickte bedächtig. »Vielleicht sind die Menschen ja doch nicht so schlecht, wie wir denken.« Sie wandte sich um und strich Ninim über das weiße Fell. »Wie ich sehe, hast du sogar Ninim wieder mit zurückgebracht. Ist die Täuschung denn nicht gelungen?«

»Doch, das ist sie.« Mailin nickte. »Äußerlich gab es keinen Unterschied zwischen ihr und der vor vielen Wintern entführten Stute. Doch geht die Magie der Verwandlung nicht so weit, dass sie auch das Wesen der Pferde beeinflusst. Ninim hat sich bei den Menschen noch schlimmer aufgeführt, als sie es hier schon getan hat. Sie war nicht nur bockig und eigensinnig, sie hat auch gebissen. Die Menschen dachten zunächst, sie sei erkrankt, da die andere Stute ein gelehriges und sehr gutmütiges Tier ist, aber als sich ihr Verhalten auch nach vielen Wochen nicht besserte, wollten sie Ninim sogar töten.«

»Töten? Heilige Mutter Mongruard!« Enid hob entsetzt die Hände. »Das hätte ich ahnen müssen. Alles musste so schnell gehen, dass ich mir über die Gefahren der Magie gar keine Gedanken gemacht habe. Gut, dass du sie zurückgebracht hast. Ich hätte es nicht ertragen, wenn sie durch meine Nachlässigkeit gestorben wäre.«

»Das hätte ich mir auch nicht verziehen.« Mailin nickte, wechselte dann aber das Thema. »Aber sagt, was ist mit dem anderen Pferd? Habt Ihr es zum Waldrand bringen können?«

»Alles ist so geschehen, wie wir es besprochen haben«, erwiderte Enid. »Die Wachen waren sehr misstrauisch. Sie wollten mir zunächst nicht glauben, dass ich dich nicht gesehen habe, und stellten mir viele Fragen. Aber den Gesprächen, die sie später miteinander führten, konnte ich entnehmen, dass sie die falsche Ninim an den Hof des Königs zurückbringen wollten.«

»Hoffentlich hat Fion meine Nachricht gefunden.« Mailin blickte Enid fragend an. Doch die alte Priesterin schüttelte bedauernd den Kopf. »Davon habe ich leider keine Kunde. Ich weiß nur, dass man eine Gruppe von Kriegern in den Schweigewald entsandt hat, um nach dir zu suchen. Am Hof macht man sich offenbar große Sorgen um dich, als das Pferd allein zurückkam. Sie waren auch bei mir und haben alles durchsucht, konnten aber natürlich nichts Verdächtiges finden.« Ein dünnes Lächeln umspielte Enids Mundwinkel. »Ich glaube, sie vermuten, dass ich dich entführt habe, um den König zu erpressen.«

»Wirklich?« Mailin staunte. »Wenn das so ist, reite ich besser schnellstens zurück. Ich möchte nicht, dass Ihr meinetwegen noch mehr Schwierigkeiten bekommt.«

»Ja, das ist sicher das Beste.« Enid nickte. »Doch zuvor will ich Ninim noch von dem Zauber erlösen. So eine Gestaltenwandlung kann bei Pferden auf Dauer Krankheiten hervorrufen oder den Geist verwirren. Vielleicht litt Ninim schon die ganze Zeit unter dem Einfluss der Magie und war bei den Menschen deshalb noch aggressiver als zuvor.«

Sie ging auf die Stute zu und legte ihr die flache Hand sanft auf die Stirn. Mailin rechnete fest damit, dass Ninim sich gegen die Berührung wehren oder gar davonlaufen würde, aber die Stute verhielt sich erstaunlich ruhig. Regungslos wie eine Statue stand sie am Ufer des Weihers, während Enid leise die geheimen Worte der Magie murmelte, die ihr die wahre Gestalt zurückgeben würden.

Als Enid schließlich verstummte und die Hand vom

Kopf der Stute löste, waren alle typischen Merkmale von White Lady verschwunden. Ninim war wieder sie selbst und machte ihrer Erleichterung durch kräftiges Mähneschütteln und kleine ausgelassene Sprünge Luft.
»Vergiss nicht, beiden Pferden Balsariskraut zu geben, sobald du wieder am Hof bist«, erinnerte Enid Mailin.
»Das mache ich.« Mailin grinste. »Ich weiß zwar noch nicht, wie ich den Trank von den Heilerinnen bekomme, ohne mich dabei zu verraten. Aber mir fällt schon noch was ein.«
Sie trat auf Enid zu, neigte ehrerbietend den Kopf und verabschiedete sich mit den Worten: »Habt Dank für alles, ehrwürdige Enid.«
»Du bist ein mutiges Mädchen.« Enid lächelte. »Ich wünschte, es gäbe mehr so beherzte Elfen wie dich. Möge die Mutter Mongruard stets ihre Hand schützend über dich halten.«
»Keine Sorge, es wird schon alles gut gehen.« Mailin nahm Ninims Führstrick wieder zur Hand und schwang sich auf Gohins Rücken. »Ich bin noch immer zuversichtlich, dass unser Plan gelingt.«
»Meine Gebete werden dich begleiten«, erwiderte Enid mit einem schwer zu deutenden Blick. »Doch nun mach dich auf den Weg. Es wird schon dunkel und am Hofe ist man in großer Sorge um dich. Ich werde noch das Tor schließen und ...«
»Das ist nicht nötig!«, hallte in diesem Augenblick eine schneidende Stimme durch den Wald.
Mailin und Enid drehten sich erschrocken um. Zunächst konnten sie nicht erkennen, wer dort gesprochen hatte. Dann sahen sie zu ihrem Entsetzen eine Gruppe

von mehr als zehn Reitern, deren Pferde langsam nebeneinander aus dem schattigen Unterholz traten. Die mitgeführte Standarte ließ keinen Zweifel daran, dass es sich um Krieger des Elfenkönigs handelte.
Mailin dachte zuerst, dass es der von Enid beschriebene Suchtrupp war, doch nur Sekunden später wurde ihr klar, dass sie sich täuschte.
Während die Krieger ihre Lanzen zur Hand nahmen und sich in einem Halbkreis um Mailin und Enid aufstellten, lösten sich zwei Reiter aus der Gruppe und lenkten ihre Pferde auf den Weiher zu.
Der König!
Mailin hielt erschrocken den Atem an, als sie erkannte, wer sich ihnen da näherte. Ihre Finger krampften sich um die Zügel, bis ihre Knöchel weiß hervortraten, und das Herz klopfte ihr bis zum Hals.
»Eure Majestät!« Auch Enid hatte den Elfenkönig erkannt und deutete eine respektvolle Verbeugung an. Dann wandte sie sich der Reiterin an seiner Seite zu und ihr Blick wurde eisig. »Lavendra«, presste sie mit nur mühsam unterdrücktem Zorn hervor.
Weder der König noch die Mondpriesterin erwiderten ihren Gruß. Während der König den Blick mit versteinerter Miene über die Lichtung schweifen ließ, ergriff Lavendra das Wort.
»Nun, habe ich Euch zu viel versprochen, als ich sagte, wir würden die Verbannte und die abtrünnige Pferdehüterin auf frischer Tat ertappen? Seht nur, das verbotene Tor ist noch immer geöffnet.« Sie warf Mailin einen bitterbösen Blick zu. »Ich wette zwanzig Goldstücke, dass die ehrenwerte Beria s' roche gerade von einem ih-

rer verbotenen Ausflüge in die Menschenwelt zurückgekommen ist.«
»Das ist unfassbar.« Sichtlich erschüttert blickte der Elfenkönig auf den wogenden Nebel über dem Weiher, in dem sich noch immer winzige Sterne in spiralenförmiger Formation drehten. »Wie ist das möglich?«
»Es ist möglich, weil SIE«, Lavendra deutete auf Enid, »der Pferdehüterin mit ihrer Magie zur Seite steht. Die beiden stecken unter einer Decke, daran gibt es keinen Zweifel. Ihr habt es eben selbst gehört. Sie haben einen Plan! Es würde mich nicht wundern, wenn dieser Plan einzig und allein dazu dient, dem Elfenreich Schaden zuzufügen.«
»Das ist nicht wahr!«, platzte Mailin heraus. »Wir wollen niemandem Schaden zufügen. Im Gegenteil wir ...«
»Schweig!« Lavendras Stimme durchschnitt die Luft wie ein Schwert. »Willst du etwa leugnen, dass du soeben in der Welt der Menschen gewesen bist? Willst du abstreiten, dass dieses Tor genau dorthin führt – in die verbotene Welt?«
»Das Tor kann überallhin führen«, behauptete Mailin kühn. »Ihr habt keine Beweise dafür, dass es in die Menschenwelt führt!«
»Mailin!« Enid blickte erschrocken auf und machte eine warnende Handbewegung, doch es war zu spät.
Lavendra war bereits vom Pferd gestiegen und schritt auf Mailin zu. »Keine Beweise, sagst du?«, zischte sie gefährlich ruhig und pflückte einen kleinen Stock mit knospendem Grün aus Gohins Schweif. »Natürlich habe ich Beweise! Diese beiden Pferde sind voll davon.« Sie hielt den Stock triumphierend in die Höhe. »Dieser

Stock hier trägt noch sehr junges Grün. Er kann auf keinen Fall aus unserer Welt stammen. Denn bei uns ist Hochsommer!« Mit triumphierendem Lächeln ging sie auf den Weiher zu. »Das ist natürlich noch kein echter Beweis«, kam Lavendra Mailin zuvor, die Einspruch erheben wollte, »aber er kann uns zeigen, woher er stammt. Seht genau hin, mein König, denn er wird uns auch zeigen, wohin das Tor führt.«

Lavendra hielt den Zweig so in die Höhe, dass alle ihn gut sehen konnte und kostete ihren Triumph aus, indem sie einen Augenblick lang verharrte. Dann warf sie ihn mit den Worten »Zeig uns, wo deine Heimat ist!« mitten in den Sternennebel hinein.

Kaum berührte der Stock den Nebel, war er auch schon verschwunden. Gleichzeitig wichen die funkelnden Sterne dem Bild eines von Sonnenlicht durchfluteten Waldes. Schlanke, hoch aufragende Buchenstämme überragten niedriges Unterholz aus Brombeersträuchern und Farnen.

Ein erstauntes Raunen lief durch die Reihen der Krieger, als sie einen Blick in die Welt jenseits des Tores taten. Ein jeder von ihnen hatte schon von den verbotenen Weltentoren gehört, doch keiner hatte es jemals mit eigenen Augen gesehen.

»Das beweist gar nichts«, sagte Enid ruhig. »Dieser Wald kann überall stehen. Ich sehe nirgends Menschen.«

»Aber ich!« Ein siegesgewisses Lächeln umspielte Lavendras Mundwinkel, als sie sich dem König zuwandte. »Tretet näher, Hoheit. Hier sind die Beweise, nach denen es Euch verlangt.«

Der König kam der Aufforderung nach, stieg vom Pferd und trat zu Lavendra an den Weiher.

»Da! Seht ihr?« Die Mondpriesterin deutete auf einen farbigen Punkt, der sich langsam hinter den Bäumen entlangbewegte. »Das ist eine dieser pferdelosen Kutschen, die es nur bei den Menschen gibt. Das ist der endgültige Beweis dafür, dass diese beiden hier«, sie deutete auf Enid und Mailin, »die verbotenen Tore geöffnet und durchschritten haben. Und nicht nur das. Diese Pferdehüterin hat Euer Vertrauen aufs Schändlichste missbraucht, indem sie sich immer wieder in den Schweigewald geschlichen hat, um mit der Verbannten gemeinsame Sache zu machen. Damit hat sie sich nicht nur gegen Euch gestellt, sie hat auch Euer königliches Wohlwollen in ehrlosester Weise mit Füßen getreten.« Sie maß Mailin mit einem verächtlichen Blick. »Eine Verbannung erscheint mir angesichts der Schwere der Tat für beide zu milde. Ihnen gebührt der Tod!«

»Aber das stimmt doch nicht!«, warf Mailin mit sich überschlagender Stimme ein. »Nicht wir sind es, die hier ein falsches Spiel treiben. In Wirklichkeit . . .«

Eine befehlende Geste des Königs ließ sie verstummen.

»Ich weiß Eure Sorge um die Sicherheit des Reiches wohl zu schätzen«, sagte er in gemessenem Tonfall zu Lavendra. »Doch dürfen wir keine voreiligen Schlüsse ziehen.«

»Voreilige Schlüsse?« Lavendra war außer sich. »Hier ist nichts voreilig! Die Beweise sind erdrückend und eindeutig. Diese beiden sind Verräter und für Verrat gibt es nur eine Strafe.«

»Dennoch hat die Pferdehüterin das Recht, etwas zu ihrer Verteidigung anzuführen«, hielt der König Lavendra entgegen. Dann wandte er sich, ohne Enid auch nur eines Blickes zu würdigen, an Mailin. »Du hast mich sehr enttäuscht«, sagte er in einem Tonfall, der die Worte unterstrich. »Ich habe dir vertraut. Doch du hast dieses Vertrauen missbraucht. Was du und die Verbannte getan haben, ist wahrlich ein schändliches Verbrechen. Dennoch will sich mir die Antwort auf eine Frage nicht erschließen: Warum?«

Mailin stieg von Gohins Rücken, deutete eine Verbeugung an und sagte leise: »Ich hatte nie die Absicht, Euch zu schaden, Euer Hoheit. Was ich getan habe, tat ich allein um der Gerechtigkeit willen. Ich tat es, weil ich beweisen wollte, dass nicht Enid damals das Pferd aus der königlichen Herde entführt hat!« Mailin spürte die hasserfüllten Blicke Lavendras. Sie wusste, dass ihr nur noch wenig Zeit für eine Erklärung blieb, und wählte die Worte kurz und knapp. »Ich wollte nachweisen, dass nicht Enid sich der schwarzen Magie bedient, sondern Lavendra!«

»Das ... das ist eine infame Lüge!« Die Hand wie zum Schlag erhoben, kam Lavendra auf Mailin zu, besann sich jedoch im letzten Augenblick und mäßigte ihre Stimme. »Wie kannst du es wagen, mit solchen Lügen von deinen eigenen Verfehlungen abzulenken? Du miese kleine Pferdehüterin glaubst doch nicht im Ernst, dass ...«

»Haltet ein!«, unterbrach der König Lavendras aufgebrachten Redefluss. Dann sah er Mailin streng an. »Das sind wahrlich schlimme Vorwürfe, die du da erhebst«, sagte er warnend. »Damit machst du die Sache nicht

besser. Ich erwarte von dir, dass du dich sofort bei der Mondpriesterin entschuldigst!«
Mailin schob trotzig die Unterlippe vor und schwieg. Aus den Augenwinkeln sah sie, wie Enid sie beschwörend anblickte und leicht nickte, aber sie dachte gar nicht daran, der Aufforderung des Königs Folge zu leisten.
»Nun?«, fragte Lavendra spitz. »Ich warte!«
»Lieber beiße ich mir die Zunge ab.« Mailin murmelte die Worte trotzig vor sich hin, sprach aber dennoch laut genug, dass der König und Lavendra es hören konnten.
»Nun gut! Du willst es ja nicht anders«, zischte Lavendra wütend. »Dann nehmen wir eben noch Verleumdung und Beleidigung der Mondpriesterin mit in die Liste deiner Verfehlungen auf. Auf eine Schandtat mehr oder weniger kommt es auch nicht mehr an.«
Mailin erwiderte den Blick der Mondpriesterin erhobenen Hauptes und ohne mit der Wimper zu zucken. Sie hatte viel gewagt und viel verloren, aber sie war immer noch davon überzeugt, das Richtige getan zu haben, und nicht bereit, auch nur einen Fingerbreit davon abzurücken.
»Eure Majestät?« Einer der Reiter, die den König begleiteten, trat vor. Mailin erkannte in ihm einen der beiden Wachposten, die sie in den Wald gelassen hatten, um nach dem Elfenpferd zu suchen.
»Was gibt es?« Ein wenig unwirsch wandte sich der König dem Elf zu, der hastig eine Verbeugung andeutete.
»Verzeiht, dass ich mich einmische«, sagte er vorsichtig. »Aber etwas kommt mir sehr seltsam vor.«

»Nun?« Der König zog überrascht eine Augenbraue in die Höhe.
»Das Pferd dort.« Der Wachposten deutete auf Ninim. »Mir scheint, es ist dasselbe wie das, welches die Verbannte aus dem Wald geführt hat und das wir dann zurück an den Hof gebracht haben.«
»Ist das wahr?« Der König ging zu Ninim und betrachtete die Stute eingehend. »Tatsächlich!«, stellte er erstaunt fest. »Wie ist das möglich? Diese Stute sollte doch eigentlich mit dem jungen Pferdehüter Fion auf dem Weg zu dem Pferdeheiler sein.« Er schaute auf und sah die Umstehenden nacheinander an, als erwarte er von ihnen eine Antwort.
Doch bis auf Enid, deren Miene wie immer unergründlich blieb, und Mailin, die glücklich über die wunderbare Neuigkeit war, blickten alle ebenso ratlos drein wie der König.
»Fragen wir doch die Pferdehüterin«, sagte Lavendra, deren Stimme etwas an Selbstsicherheit verloren hatte. »Gewiss wird sie uns sagen können, wie die Stute hierher kommt.«
»Das ist ganz einfach!« Mailin konnte ein schadenfrohes Grinsen nicht unterdrücken. »Weil das Pferd, das die Wachen an den Hof gebracht haben, nicht Ninim ist.« Sie schaute Lavendra herausfordernd an und fügte hinzu. »Erstaunlich, dass Ihr es nicht bemerkt habt. Mit magischen Zwillingen müsstet Ihr Euch doch eigentlich auskennen.«
Lavendra erbleichte, sagte aber nichts.
Dafür ergriff der König wieder das Wort. »Wie ich sehe, ist die ganze Angelegenheit sehr viel komplizierter als

angenommen.« Er winkte zwei Krieger herbei, deutete auf Enid und Mailin und sagte: »Fesselt die beiden und bringt sie über Nacht in den Kerker. Morgen bei Sonnenaufgang werden wir über die Vergehen und die Schwere ihrer Schuld beraten.«

Von Lüge und Wahrheit

Die Sonne stand schon hoch am Himmel, als Fion und Eanna mit ihren erschöpften Pferden auf dem Hof des Königs eintrafen.
Die beiden waren die ganze Nacht hindurchgeritten und hatten sich nur eine kurze Rast gegönnt. Sie waren erschöpft, müde und hungrig, aber das Gefühl der Eile ließ ihnen ungeahnte Kräfte zuwachsen.
Das Erste, was Fion auffiel, als seine Diahan zu den Stallungen trabte, war die bedrückte Stimmung, die wie ein düsterer Schatten über dem Hof des Königs zu liegen schien und sich auch in den Gesichtern der Stallburschen widerspiegelte. Die meisten schauten nur kurz auf und grüßten knapp, doch die freundlichen Gespräche und neugierigen Fragen, mit denen die heimkehrenden Pferdehüter sonst von den jüngeren Stallburschen bestürmt wurden, blieben aus.
Was ging hier vor?
»Was ist los?« Auch Eanna schien die seltsame Stimmung zu spüren. »Was haben die nur?«
»Ich weiß es nicht!« Fion schwang sich aus dem Sattel, führte die beiden Pferde zu einem hölzernen Querbalken, der am Rand des Hopfplatzes vor einem Wassertrog hing, und band sie daran fest. »Aber ich werde es herausfinden.«
»Warte, ich komme mit!« Eanna beeilte sich, es ihm

gleichzutun, und folgte ihm mit raschen Schritten zur Unterkunft des Stallmeisters.
Fion klopfte und wartete, aber drinnen blieb alles ruhig. Entschlossen griff er nach der Türklinke und drückte sie herunter. »Verschlossen!« Fion sah Eanna ratlos an.
»Der Stallmeister ist nicht da!«, ertönte in diesem Augenblick eine Stimme hinter ihnen. Fion blickte sich um und erkannte den Pferdehüter Lyam, der gerade über den Hof ging. Er war wegen seiner herablassenden Art unter den Pferdehütern nicht sonderlich beliebt und auch Fion vermied es, mit ihm zu sprechen, doch in diesem Fall war es ihm gleichgültig.
»Wo ist er?«, fragte er.
»Beim König.« Lyam grinste. »Sag bloß, du hast es noch nicht gehört?«
»Was gehört?« Fion bemühte sich, gelassen zu klingen, konnte seine Neugier aber nicht ganz unterdrücken. »Nun sag schon!«
»Dass sie deine Freundin Mailin erwischt haben, als sie durch eines der verbotenen Weltentore kam. Dumm gelaufen, würde ich sagen.« Lyams Grinsen wurde eine Spur breiter. »Sie ist dem König und Lavendra praktisch direkt in die Arme gelaufen. Mitten im Schweigewald, zusammen mit der verbannten Priesterin. Jetzt sind alle beim König in der großen Halle und halten Gericht. Der Stallmeister will ein gutes Wort für Mailin einlegen, aber ich glaube nicht, dass es etwas bringt. Wenn du mich fragst: Die sehen wir nie wieder.« Mit diesen Worten verschwand Lyam in der Unterkunft der Pferdehüter.
»Ich frage dich aber nicht!«, rief Fion ihm nach und ballte zornig die Fäuste. Wie hatte das passieren kön-

nen? Was war nur schief gegangen? Unzählige Fragen wirbelten in seinem Kopf herum, während er hektisch nach einem Weg suchte, wie er Mailin helfen konnte.
»Mailin ist durch ein Weltentor geritten?« Eanna starrte Fion verwirrt an. »Aber ich dachte, sie sei verschwunden.«
»Sie war auch verschwunden. Niemand wusste, wo sie war.« Fion sprach, ohne richtig darüber nachzudenken. Er wollte sich jetzt nicht mit Eanna unterhalten und versuchte sie mit kurzen Sätzen abzuspeisen, um in Ruhe nachdenken zu können.
Er musste Mailin helfen. Irgendwie. Die Beweise für Lavendras Betrug lagen zum Greifen nahe und doch schienen sie ihm weiter entfernt als jemals zuvor. Erst wenn er nachweisen konnte, dass sich das Buch des Weltenwanderers Sinead in Lavendras Besitz befand, war auch die letzte Lücke geschlossen. Doch wie sollte er an das Buch kommen, noch dazu in so kurzer Zeit? Er war allein und ...

»Aber das verstehe ich nicht!«, hörte er Eanna sagen. »Wieso ist sie denn in die Welt der Menschen gegangen?«
»Warte!« Fion starrte Eanna an, als sähe er sie zum ersten Mal. Er hatte sich getäuscht. Er war nicht allein. Eanna gehörte zu Lavendras engsten Vertrauten. Wem, wenn nicht ihr, konnte es gelingen, das verbotene Buch Sineads des Weltenwanderers aus den Gemächern der Mondpriesterin zu holen?
Doch dazu musste sie zunächst einmal die Wahrheit erfahren. Die ganze Wahrheit! Fion schluckte. Eanna war

Lavendra treu ergeben. Die Wahrscheinlichkeit, dass sie ihm helfen würde, war mehr als gering. Doch dieses Wagnis musste er eingehen. Die Zeit verrann unaufhaltsam. Wenn Mailin überhaupt noch ein Chance hatte, dann diese eine.

»Komm mit in den Stall!«, forderte er Eanna ohne eine Erklärung auf. »Dort werde ich dir alles erzählen.«

»Das kann nicht sein!« Eanna schüttelte nachdrücklich den Kopf. Eine halbe Stunde lang hatte sie Fion mit wachsendem Unglauben gelauscht und ihn nicht ein einziges Mal unterbrochen. »Du und Mailin, ihr glaubt tatsächlich, dass die ehrwürdige Lavendra sich der dunklen Magie bedient? Dass sie versucht die Herrschaft im Elfenreich an sich zu reißen und dass sie dafür gesorgt hat, dass der König die Mondpriesterin Enid verbannte?«

»Wir glauben es nicht nur, wir haben sogar Beweise dafür.« Fion nickte ernst. »Der Heiler fand sie in den Erinnerungen der Stute, die Mailin von den Menschen zurückgebracht hat. Nun müssen wir nur noch das verbotene Buch bei Lavendra finden.« Er schaute Eanna flehend an. »Bitte hilf mir. Wir haben nur noch wenig Zeit und du bist die Einzige, die Lavendras Gemächer betreten kann, wenn sie abwesend ist«, sagte er und fügte mit aufrichtigem Bedauern hinzu: »Doch ganz gleich, wie du dich entscheidest, ich möchte dir auf jeden Fall noch sagen, wie Leid es mir tut, dass ich dich die ganze Zeit wegen des Besuchs beim Heiler belogen habe. Aber ich konnte nicht anders handeln.«

»Das verstehe ich.« Eanna lächelte gequält und schüttelte dann den Kopf. »Das alles ist so furchtbar verwirrend. Ich kann einfach nicht glauben, dass Lavendra so schlecht und durchtrieben sein soll. Sie war immer wie eine Mutter zu mir. Ich kann mir einfach nicht vorstellen, dass ich mich so in ihr getäuscht haben soll.«

»Dann beweise mir, dass ich mich täusche«, forderte Fion die junge Priesterin heraus. »Geh in Lavendras Gemächer und suche nach einem Buch mit einem abgegriffenen Ledereinband, auf dem ein Baum, umrahmt von einer verschlungenen Linie, zu sehen ist. Wenn es nicht dort ist, haben wir uns getäuscht. Doch wenn du es findest . . .«

»Muss ich es dem König bringen?« Eanna holte tief Luft und knetete ihre Hände unablässig im Schoß. Es war nicht zu übersehen, wie sehr sie mit sich rang, doch dann gab sie sich einen Ruck. »Nun gut. Ich mache es. Ich könnte niemals mit der Schuld leben, dass zwei Elfen zu Unrecht verurteilt wurden, weil ich gezögert habe. Ich werde nach dem Buch suchen – auch wenn ich im Stillen immer noch hoffe, dass ich es nicht finde.«

»Eanna!« Am liebsten hätte Fion die junge Priesterin umarmt, doch er beherrschte sich und sagte nur: »Ich danke dir. Mailin und ich stehen tief in deiner Schuld. Ich bin sicher, du wirst es nicht bereuen. Komm!« Er fasste sie bei der Hand und half ihr beim Aufstehen. »Ich gehe schon vor und versuche Mailin zu helfen. Bitte beeile dich. Wir dürfen keine Zeit verlieren!«

* * *

»... deshalb bin ich noch einmal zurückgeritten, um Ninim gegen das entführte Elfenpferd auszutauschen.« Mailin verstummte und blickte um sich. Die Versammelten im großen Saal des Palastes hatten ihr schweigend gelauscht. Nur Lavendra hatte ihre Ausführungen hin und wieder unterbrochen und sie der Lüge beschuldigt, aber der König hatte der Mondpriesterin geboten zu schweigen und Mailin ausreden lassen.

Mailin war überrascht, dass man sie überhaupt zu Wort kommen ließ. Während Enid schon seit gestern kaum beachtet wurde, befragte man sie ausführlich zu den Vorwürfen und gab ihr sogar die Gelegenheit, ihre Sicht der Vorgänge zu schildern. Dabei ließ sie nichts aus. Angefangen bei Shadows Entführung, äußerte sie ohne Scheu ihren Verdacht, dass Lavendra auch die Schuld daran traf, dass im ganzen Reich das Balsariskraut verdorrt war, und gab zu, dass sie die Heilpflanze heimlich aus der Welt der Menschen geholt hatte.

Sie erzählte dem König – wie zuvor schon Fion – von dem Elfenpferd, das sie in der Welt der Menschen entdeckt hatte, und bekräftigte noch einmal ihre Vermutung, dass es sich dabei um die angeblich von Enid entführte Stute handelte.

»Mein König«, brauste Lavendra auf, als Mailin geendet hatte. »Es ist ungeheuerlich, dass ich mich in dieser Weise von einer gewöhnlichen Pferdehüterin beschuldigen und angreifen lassen muss, nur weil sie glaubt durch falsche Beschuldigungen ihren Kopf retten zu können.«

»Das sind keine falschen Beschuldigungen«, rief Mailin aufgebracht. »Es ist die Wahrheit. Das wisst Ihr genauso gut wie ich.«

»Du bist eine niederträchtige Lügnerin«, herrschte Lavendra Mailin an. »Die Einzige, die hier ein Verbrechen begangen hat, bist du. Du und diese verlogene Priesterin, die dir die Weltentore geöffnet hat.«
»Wenn ich dazu etwas einwenden dürfte«, meldete sich der Stallmeister zu Wort.
»Bitte!« Der König nickte ihm zu.
»Wenn Mailin wirklich eine entführte Stute aus unserer Welt bei den Menschen gefunden hat, dann frage ich mich, wo das Pferd jetzt ist.«
»Das hat doch Fion mit in sein Heimatdorf genommen!«, erwiderte Mailin geradeheraus.
»Aber wieso, das war doch Ninim!«, hielt der Stallmeister ihr verwundert entgegen.
»Nein, das war nicht Ninim!« Das große zweiflügelige Tor des Saals schwang auf und Fion trat ein. Hinter ihm trottete eine weiße Stute an einem Führstrick in den Raum. Mit klackenden Hufen folgte sie Fion über den blank polierten Boden in die Mitte des Kreises, den die Stühle der Versammelten bildeten.
»Mein König, verzeiht die Störung.« Fion verbeugte sich tief. »Doch ich kam gerade erst zurück und hörte von dem Ungeheuerlichen, das meiner Freundin vorgeworfen wird. So zögerte ich nicht zu kommen, denn ich denke, dass ich einiges zur Klärung der Vorwürfe beitragen kann.«
»Wir sind gespannt!« Der König nickte und lehnte sich in seinem Stuhl zurück. »Die ganze Sache erscheint mir doch sehr verworren. Etwas Aufklärung könnte nicht schaden.«
»Augenblick mal!«, meldete sich der Stallmeister wieder

zu Wort. »Sag mal, Fion, ist das nicht das Pferd, mit dem du in dein Heimatdorf geritten bist?«
»Das ist es!« Fion nickte.
»Sag ich doch, dass er Ninim dabeihatte!« Zufrieden lehnte sich der Stallmeister zurück.
»Das ist aber nicht Ninim«, sagte Fion. »Sie sieht nur so aus. Ninim steht noch in ihrer Box.« Ohne auf den verblüfften Gesichtsausdruck des Stallmeisters zu achten, wandte sich Fion wieder an den König. »Mit Eurer Erlaubnis möchte ich die ehrwürdige Enid bitten, den Zauber zu lüften, den sie um dieses Pferd gewoben hat, um es zu schützen. Dies ist das Pferd, das vor vielen Sommern aus dem Elfenreich entführt wurde. Das Pferd, das Mailin in der Hoffnung zurückgebracht hat, die Wahrheit über die Entführung herauszufinden.« Er schaute den König offen an. »Erlaubt Ihr es?«
»Nun, eigentlich ist es der Verbannten nicht gestattet sich einzumischen, doch in diesem Fall . . .«
»Das verbiete ich!« Lavendra war aufgesprungen. »Die Verbannte hat weder das Recht, hier zu sprechen, noch irgendwelche Magie zu weben. Wenn Ihr es ihr gestattet, sind wir alle in großer Gefahr.« Sie fuchtelte theatralisch mit der Hand in der Luft herum. »Vergesst nicht, dass sie der schwarzen Magie kundig ist und . . .«
»Wieso sie?« Fion tat erstaunt. Mit einer schnellen Handbewegung ergriff er Lavendras Hand und hielt sie so, dass der König den silbernen Flechtknotenring sehen konnte, der an ihrem Mittelfinger steckte. »Ihr tragt doch den verbotenen Ring von Sinead dem Weltenwanderer!«
Lavendra war so verblüfft, dass es ihr für einen Moment

die Sprache verschlug. »Was . . . was weißt du denn schon über den Ring?«, fragte sie mit bebender Stimme.
»Alles!«, erwiderte Fion gelassen. »Ich weiß, wie Ihr ihn bekommen habt und wofür er benutzt werden kann. Der alte Heiler in meinem Heimatdorf hat es in den Erinnerungen dieser Stute gesehen.« Er hob die Stimme, damit ihn jeder verstehen konnte. »Und er hat auch gesehen, wie Ihr die Stute für den Ring und das verbotene Buch Sineads an die Menschen verkauft habt.«
»Das ist nicht wahr!« Angesichts dieser Anschuldigungen drohte Lavendra die Beherrschung zu verlieren. »Das sind alles infame Lügen! Wie kannst du es wagen, mich, die ehrwürdige Mondpriesterin, so zu diffamieren? Ich habe niemals ein Pferd an die Menschen verkauft. Den Ring trug schon meine Mutter und ein verbotenes Buch besitze ich schon gar nicht!«
In diesem Augenblick knarrte die Tür zum Saal erneut. Schlagartig war es totenstill. Alle starrten auf die junge Frau, die langsam und schüchtern auf die Versammelten zutrat. Sie hatte Tränen in den Augen und wirkte wie jemand, dessen Welt in den Grundfesten erschüttert worden war.
Ihre Arme umklammerten ein Buch, das sie so fest an sich presste, als könne es ihr Halt geben. Zögernd trat sie vor den König und verneigte sich, dann wandte sie sich Lavendra zu. »Ich habe Euch vertraut. Ihr wart wie eine Mutter für mich. Wie konntet Ihr nur?«, stammelte sie unter Tränen. »Ich habe darum gebetet, dass es nicht wahr ist, aber dann fand ich dies in Euren Gemächern.« Sie verstummte und reichte dem König wortlos das Buch, das sie im Arm hielt. Das Leder des Umschlags

war abgegriffen und brüchig, dennoch waren der Baum und die verschlungene Linie aus keltischen Knoten darauf gut zu erkennen – es war das Buch Sineads.

»Du! Du hast es gewagt, heimlich meine Gemächer zu durchsuchen?« Fassungslos starrte Lavendra Eanna an. »Du stehst auf ihrer Seite? Ausgerechnet du?« Sie verzog angewidert das Gesicht und schüttelte den Kopf. »Ich kann es nicht glauben. Wie konnte ich nur so blind sein, dir meine Zuneigung zu schenken? Ich verachte dich!«

»Das Spiel ist aus Lavendra!« Nun endlich meldete sich auch Enid zu Wort. Die alte Elfenpriesterin erhob sich von ihrem Platz, ohne auf die beiden Krieger zu achten, die sie zurückhalten wollten, jedoch auf einen Wink des Königs hin zurücktraten. »Viele Sommer habe ich auf diesen Augenblick gewartet. So viele Sommer, dass ich schon gar nicht mehr daran glaubte, dass es jemals eine Gerechtigkeit für mich geben würde. Doch die heilige Mutter Mongruard hat meine Gebete erhört. Jetzt ist es an der Zeit, auch die letzte Täuschung aufzuheben.« Sie hob die Hand und legte sie sanft auf die Stirn der Stute. Vor den Augen der Versammelten verschwamm Nims Gestalt und wich dem Anblick einer stolzen Stute, die erleichtert ihre prächtige Mähne schüttelte.

»Caoimhe!« Der König sprang auf, eilte auf die Stute zu und schloss die Arme um ihren Hals. »Caoimhe!«, murmelte er noch einmal glücklich, dann verhärtete sich seine Miene. »Ergreift sie!«, befahl er den Wachen und deutete auf Lavendra. Doch ehe die Wachen reagieren konnten, war die Mondpriesterin schon am Platz des Königs, ergriff das uralte Buch und presste es an sich.

»Ja, ergreift mich doch, ihr Narren!«, rief sie voller Verachtung und schleuderte den Kriegern violette Blitze entgegen, die aus ihrem Ring züngelten. »Ergreift mich, wenn ihr könnt!« Sie lachte schallend und wandte sich dann gespielt höflich an den König. »Es tut mir Leid, wenn ich die Gastfreundschaft Eures Kerkers ablehnen muss, Hoheit. Aber ich habe nicht vor, den Rest meines Lebens als Gefangene zu verbringen. Wie sagte diese kleine Pferdehüterin doch treffend: Die Tore führen an viele Orte und an eben so einen Ort gedenke ich mich jetzt zu begeben.« Sie machte eine verschlungene Handbewegung in der Luft und hüllte sich selbst in einen zuckenden Käfig aus violetten Blitzen. Ihr höhnisches Lachen hallte noch eine Weile nach. Dann war sie fort.

Im Saal war es mucksmäuschenstill.

Nur langsam begriffen die Anwesenden, was soeben geschehen war. Nach geraumer Zeit ergriff der König das Wort.

»Ich habe einen großen Fehler gemacht!«, sagte er voller Reue zu Enid. »Ich habe mich von Lavendra blenden und beeinflussen lassen wie ein junger Bursche. Aber ich verspreche, dass ich es wieder gutmachen werde. Als Erstes erhebe ich Euch mit sofortiger Wirkung wieder in das Amt der rechtmäßigen Mondpriesterin – sofern ihr meine Entschuldigung annehmt.«

»Ich nehme sie an.« Enid lächelte und nickte.

»Und du!«, richtete der König das Wort an Mailin. »Du bist das tapferste und klügste Mädchen, das mir seit langem begegnet ist. Dir habe ich am meisten zu verdanken. Wärest du nicht gewesen, hätte mir niemand die Augen geöffnet. Das Königreich der Elfen steht tief in deiner Schuld. Wenn es etwas gibt, was ich für dich tun kann, lass es mich wissen.«

»Ist schon okay!«, sagte Mailin und schlug sich hastig die Hand vor den Mund, weil sie ganz unbewusst eine Redewendung von Julia verwendet hatte. Sie wusste genau, worum sie den König bitten wollte, aber das hatte noch etwas Zeit. Am wichtigsten war, dass Lavendra verschwunden war – und dass sie nun endlich wieder mehr Zeit für Fion hatte. Ihren allerbesten Freund Fion!

Und während die anderen noch eifrig diskutierten, überlegte Mailin bereits, was Fion wohl zu den pferdelosen Kutschen in Julias Welt sagen würde ...

Freundinnen

»Das war eine tolle Vorstellung.« Gewissenhaft verstaute Julia ihre Saftflasche und die halb leere Gummibärchentüte wieder in ihrem Rucksack. »Klasse Stunts und richtig viel Action.«

»Aber Mitreiten wäre noch besser gewesen.« Svea schnitt eine Grimasse.

»Nun hab dich nicht so!« Carolin versetzte ihr einen aufmunternden Knuff in die Seite. »Ich denke, im nächsten Jahr seid ihr dabei.«

»Vielleicht«, schränkte Julia ein. »So genau wissen wir das noch nicht.«

»Aber mal hinter die Kulissen schauen zu können hat auch was.« Carolin grinste. »Ich wette, wir waren die Einzigen, die das durften.«

»Nur blöd, dass Ches Dalton noch nicht da war.« Svea blickte nun wirklich enttäuscht drein. »Wo kriege ich denn jetzt mein Autogramm her?«

»Beeilt euch! Sie kommen!«, rief Moni, die unten an der Absperrung stand, in diesem Augenblick und winkte ihren Freundinnen mit einem großen Bund Möhren zu.

Carolin reckte sich und schaute zum Bühneneingang des Freilichttheaters hinüber, wo sich die Akteure der Selkauer Westerntage mit ihren Pferden für das große »Shakehands-Finale« am Ende der Vorstellung versammelten.

»He, Svea!« Carolin stieß Svea mit dem Ellenbogen an. »Du hast Glück. Diesmal ist Ches Dalton auch dabei!«
»Echt?« Von einer Sekunde zur anderen war Sveas Kummer wie weggeblasen. »Da muss ich hin!« Und schon flitzte sie durch die Sitzreihen und über die Bänke hinweg auf Moni zu.
»Sieh dir die an!« Carolin schüttelte lachend den Kopf. »Die ist ja wohl total verknallt.«
»Na, du musst es ja wissen.« Julia zwinkerte ihrer Freundin zu und schulterte den Rucksack. »Komm, lass uns auch runtergehen!«, sagte sie gut gelaunt. »Vielleicht bekommen wir ein Autogramm.«
Die Mädchen hatten Glück. Während die Pferde der Darsteller von den Besuchern mit Möhren, Äpfeln und Brotstückchen verwöhnt wurden, hatten die Schauspieler genug Zeit, Autogramme zu geben.
Monis Möhren schienen dem Pferd von Ches Dalton besonders gut zu schmecken. Der Rappe weigerte sich standhaft weiterzugehen, sodass alle vier ein Autogramm des umschwärmten Schauspielers ergattern konnten. Svea bekam sogar drei Stück.

Eine gute Viertelstunde später standen die Mädchen am Ausgang und hielten in dem allgemeinen Durcheinander nach Sveas Vater Ausschau, der sie abholen wollte.
»Habt ihr seine Augen gesehen?«, schwärmte Svea mit verklärtem Blick wohl nun schon zum hundertsten Mal. »Und wie er mich angelächelt hat.«
»Na, wenigstens ist sie jetzt glücklich.« Carolin stupste Julia an und warf einen viel sagenden Blick auf Sveas

verzückten Gesichtsausdruck. »Scheint ein besonders schwerer Fall von Schwärmerei zu sein.«
»So wie früher bei dir und Dennis?«, fragte Moni augenzwinkernd.
»Ach Dennis!« Carolin winkte lachend ab. »Der kann mir gestohlen bleiben. Wie konnte ich nur so blöd sein und dem eine Träne nachweinen?« Sie legte den einen Arm um Monis und den anderen um Julias Schultern. »Echte Freundinnen sind doch tausendmal mehr wert.«
»In guten und in schlechten Zeiten«, fügte Julia grinsend hinzu, während Moni auf Svea deutete und ergänzte: »Bis dass der nächste Typ uns scheidet. Amen.«
»Also das kommt bei mir bestimmt nicht vor.« Svea hatte Monis Worte gehört und schüttelte energisch den Kopf. »Mit oder ohne Freund, wir vier halten von jetzt an fest zusammen!«
»Yepp!«
»Genau!«
»Klaro!«
Einen kurzen Augenblick schwiegen alle, dann lachten sie lauthals los.
Auch Julia! Sie war rundum zufrieden und genoss den ausgelassenen Tag in vollen Zügen. Alles war gut, alles war richtig.
Sie hatte in Neu Horsterfelde ein neues Zuhause gefunden. Das kleine Dörfchen war ihr inzwischen so sehr ans Herz gewachsen, dass sie sich nicht vorstellen konnte, jemals mehr woanders zu wohnen. Sie hatte eine tolle Familie, drei unschlagbare Freundinnen und mit Mailin ein wunderbares Geheimnis.
Am wichtigsten aber war, dass sie ihren geliebten Spi-

key endlich ganz für sich allein hatte. Ein eigenes Pony, so wie sie es sich schon immer gewünscht hatte.
Die Zukunft konnte beginnen!